早春の河

八丁堀育ち　4

風野真知雄

朝日文庫

本書は書き下ろしです。

目次

早春の河　八丁堀育ち4

第一章　置き去り牛

数え歳十五の春――。

それは誰にとっても、なにか特別な思い出のある季節なのだろうか。

その年ごろが人生のなかで、特に感じやすく、揺らぎやすく、どことなく危なっかしかったのは、誰にも共通するような気がする。

草萌《も》える季節を、人生の推移に喩《たと》えたとき、ちょうど十五あたりでしっくり一致するのだろう。

これをほかの季節に合わせると、
二十の夏。

四十五の秋。

七十の冬。

といったところか。

いや、こうした歳の感覚というのは人によっても違うだろうから、とくに秋、冬になると異論も多いかもしれない。

だが、十五の春は、多くの人にとって感慨深い季節であったに違いない。

それに加えて——。

これはわたしの場合だが、十四の春や十六の春より、十五の春が特別に感慨深いのは、八丁堀《はっちょうぼり》を揺るがすような大きなできごとと関わり合ってしまったからなのである。

あれから五十年。

わたしは春になると、亀島河岸《かめじまがし》の霊岸橋《れいがんばし》寄りのあたりに足を向けるのが習慣になってしまった。

いまの住所で言うと、日本橋区亀島町一丁目。

当時はもっとざっくりと、八丁堀の亀島河岸と呼んでいた。

越前堀《えちぜんぼり》の大きさは、いまとほとんど変わらない。およそ七、八間。水は当時もきれいに澄んでいて、底にはしじみ貝が育ち、魚影も濃く、ときおり海の沖にでもいるような大きな魚が跳ねたりした。

ただ、ここで釣りをしたような記憶はない。多くの荷舟が行きかったため、釣り人は邪魔にされたし、わたし自身、あまりその遊びを好まなかったせいもある。

川の水はともかく、周囲の景色はずいぶん違ってしまった。

霊岸橋の位置は変わらない。だが、永代橋《えいたい》が江戸のころより下流に架け替わったため、まもなくこの橋の位置も、永代橋からつづく通りとして、動かされるらしい。

そうなると、あたりの景色はますます違ってしまうだろう。

河岸の佇《たたず》まいは、すでに当時の面影はない。石段がすっきりと整備され、土のところはなくなって、川岸を花の色が彩るといったことはなくなってしまった。あのころ、春になると、わたしたちが腰をかけた足元には、ふきのとうやたんぽぽや菜の花が咲き誇ったはずなのだが。

六十代も半ばになったわたしは、この河岸をゆっくり歩いてみる。

すると、すぐ後ろからまだ十五歳のわたしと、柳瀬《やなせ》早苗《さなえ》の足音が追いかけて来るような気がするのだ。

「夏之助《なつのすけ》さん、行ってみようよ」

「ああ、行ってみよう」

あのころはまた、次から次へと、心を揺さぶったり、くすぐったりするできごとが現われてきたのだった……。

一

──ああ、足が重いなあ。

湯島《ゆしま》の学問所の正門は、坂道の上にある。伊岡《いおか》夏之助は、だんだん歩く速さが落ちてきた。この正月で十五（数え歳）になった若者の足取りではない。

今日は嫌いな講義ばかりなのだ。師匠たちの顔を思い浮かべたら、ちょっと吐き気がしてきた。

門の前まで来て、くるりと踵《きびす》を返す。

何人かが咎《とが》めるような目ですれ違っていく。「なんだよ、怠ける気か」という非難の目である。

──巷《ちまた》の探索も学問のうち。

そういうことにした。

なりたくはないけれど、やがては町方の同心《どうしん》を継がされるかもしれない。武者修行に出て、剣術遣いとなって旅をしながら暮らす夢は捨てていないが、最悪の場合も考えざるを得ない。

だが、そうなったときには、町の探索こそ仕事になるのだ。いまからようすを知っていれば、同心になったときも役立つではないか。

湯島から神田川沿いにゆっくり歩き、両国広小路に出た。ここは見世物の看板を眺めるだけでも一日過ごせる。じっさい、看板と出入りする客の顔を見て過ごした。出てきたときの顔で、満足度はよくわかる。『これはいったい何になるのか・謎の生きものの子どもたち』という小さな見世物小屋は、出てきた客は皆、度肝《どぎも》を抜かれたような顔をしていて、夏之助もぜひ、入ってみたくなった。

昼になり、腹が減ってきたので、大川端《おおかわばた》で流れを見ながら弁当を食った。風が強くて、砂粒が巻き上げられ、握り飯を嚙《か》むと、ときおり口のなかがじゃりじゃりした。

腹がくちくなって、ぼんやり考える。去年の秋からつづいている一連のおかしなできごと。謎は深まるばかりで、まだ、なにも解決していない。

じっさいは、だいぶわかってきていることもあるのだろうが、夏之助たちには知らされないのだろう。奉行所の調べをいちいち子どもに伝えるはずがない。それにしても——である。もう少し、進展してくれてもいい。

芸者浜代《はまよ》の死。夏之助と早苗が南町奉行所の山崎半太郎《やまざきはんたろう》に襲われた件。その現場にいた煎餅屋《せんべいや》の猪之吉《いのきち》の死。自分たちをおびき寄せたと思われる青洲屋《せいしゅうや》の謎。そして、早苗の父である北町奉行所与力《よりき》の柳瀬宋右衛門《そうえもん》への襲撃。

これらはぜったい、すべてつながっている。そして、その始まり、すべての謎を解く手がかりは、いまから十六年前の木戸良三郎《きどりょうざぶろう》のかどわかしにある。柳瀬宋右衛門や弟の洋二郎《ようじろう》が、本気でいろいろ動いているのは間違いない。だからこそ、何者かに襲撃されたのだ。

——どうして青洲屋をもっと突っ込まないのだろう。

あのおちさという女あるじは、いろんなことを隠している。以前、於満稲荷《おまんいなり》の近くの家で、自分と早苗を殺そうとしたお幾《いく》みたいな、単純な悪党とは違う。だが、恐ろしいものを、深いところに隠している気がする。

そんなことを考えながら両国界隈《かいわい》を歩き、さらに人形町をぶらぶらして、江戸橋を渡るころは、陽《ひ》も傾き出していた。

本材木町《ほんざいもくちょう》に差しかかったとき、腰に十手《じって》を差した岡っ引きが、誰かと話をしていた。そのわきには、大きな黒い牛が尻尾をゆらゆらさせながら立っている。牛は別段、荷車を引いているわけでもないし、背中にも荷物はない。

——なんだか気になる光景だな。

夏之助は足を止め、そのようすを眺めた。

すると、後ろから肩を叩《たた》かれ、

「夏之助さん」

と、呼ばれた。

隣の家の柳瀬早苗がいた。丸い目がまっすぐ夏之助を見ている。

「なんだ、早苗か」

ぶっきらぼうな言い方をしたが、じつはいいところで会ったような気がした。

「ねえ、学問所を怠けたでしょ？」

「あれ？　なんでわかった？」

「わかるよ。今日、ずっと風が強かったから、着物と顔が埃《ほこり》だらけ。それって、ずっと外にいたからでしょ」

「まいったな」

当てられても、夏之助は別段、悪びれもしない。

「ねえ。あれ、気になる？」

と、早苗は岡っ引きと牛のところを指差した。

「ああ。なにやってんだろう？」

「迷子牛っていうか、あの店の前に置き去りにされたみたいよ」

「置き去り？」

「そう」

「そんな馬鹿な。飼い主が、ちょっとどっかに行っただけだろ？」

「ううん。朝、早くから、あそこにいるみたい。店の人も、飼い主がちょっと用を足すのに、置いているだけだろうと思ったけど、あんまりいつまでももどって来ないので、番屋に連絡したんだって」

「ほかに荷車とかは？」

「ないみたい」

「へえ」

「あたしも気になって、さっきから話を聞いてたの」

「そうか」

このあたりは子どもの有利なところだろう。大人だったら、話を聞かれないよう、邪魔にされたりする。

夏之助は自分も話を聞きたくて、道端の草をむしり、牛に食べさせるふりをして、さりげなくそばに近づいた。

草を牛の顔の前に出すと、冬枯れで緑の部分も少ない雑草なのにおいしそうにぺろりと食べた。かわいそうに腹が減っているのだろう。

岡っ引きの言葉が耳に入った。

「飼い主がそこらで具合でも悪くしたのかもしれねえ。せめて、一昼夜くらいはこのままにしてもらったほうがいいな」

「わかりました。そうします」

と、店のあるじはうなずいて、家のなかに入った。

岡っ引きもそこらに飼い主はいないか、一通り訊《き》いてまわるつもりらしく、通りの店に声をかけながらいなくなった。

「牛、怖くない？」

後ろから早苗が訊いた。腰が引けている。

「つないであるよ」

と、夏之助は鼻輪に結ばれた縄を示した。だが、先は天水桶《てんすいおけ》に回しただけである。

「牛が暴れたら、そんなのはひっくり返しちゃうよ。牛って凄《すご》い力持ちなんだから」

「暴れないよ。おとなしそうな牛じゃないか」

夏之助は首のあたりを撫《な》でた。

だが、本当は少し怖い。夏之助は、じつは馬も怖い。

「なあ、早苗。この牛、名前あるのかな?」

「なんで?」

「迷子とか、置き去りにされた子には、いちおう名前と歳を訊くだろ。だから」

「訊いてみたら? 牛に」

「早苗ん家《ち》の馬、名前あるだろ?」

「アオって呼んでるけど」

「名前呼ぶと、返事するか?」

「返事はしないけど、呼ぶとわかるみたいよ。こっち向くし」

「猫もわかるよな?」

「わかるよ。タマはちゃんと返事するし」

「じゃあ、牛もわかるかもな」

と言って、夏之助は考え込んだ。

「牛の名前、試すつもりでしょ?」

早苗は微笑《ほほえ》みながら訊いた。

「ああ。でも、牛の名前が思いつかないんだ」

「もお二郎とか？」

「これ、牝《めす》だぞ」

と、夏之助は牛の乳房をのぞき込みながら言った。

「おもお、とか？」

と、牛に訊いた。

だが、反応はない。

「お黒？　おでか？　お乳？」

夏之助が訊くたび、早苗は笑った。

「そんなこと、いつまでやってもわかんないわよ。それより、足跡で辿《たど》れないかなあ」

早苗はそう言って、左右の道を見た。

だが、牛の足跡らしいものは見えない。

「今日の風で消されてしまったかもな」

「そうかあ。でも、牛っていまごろは、田んぼとか畑を耕したりするんじゃないの?」

「そうなの?」

いまは正月半ば(旧暦)。暦では春だが、まだまだ寒い。だが、二月になれば、畑に種をまいたりするのかもしれない。それならもう畑を耕しはじめてもおかしくない。

「農家は忙しいはずだよ。そういうときは、牛だって忙しいよね」

「でも、こいつはこんなところでぶらぶらしてやがる」

「違うよ。やっぱり用事があって、ここらに来たんだよ」

「そうだよな」

夏之助も納得した。

「だとしたら、飼い主は急病とかで倒れたりしたのかな?」

「それがいちばん考えられるか」

「当然、町方も行き倒れになっている人とかを調べるよね」

「うん。調べるだろうな」

「そんなところかな」

早苗はすべて解決したような顔になったが、

「でも、持ち主が見つからなかったら、どうするんだろう？」

夏之助はまだしつこく考えた。

「ああ、そういうのが、ときどき奉行所に持ち込まれるって、父上から聞いたことがあるよ。牛とか馬とか。一度、河童《かっぱ》を持ち込んできた人がいたって」

と、早苗は言った。

「へえ。河童、ほんとにいたのかよ？」

「河童はつかまえて長持《ながもち》に入れ、奉行所まで運んで来たけど、箱を開けたらいなくなってたんだって」

「なんだ、それ」

「ほとんどの生きものは、しばらく預かって、それでも見つからないときは、欲しい人に下げ渡したりしちゃうみたいよ」

「だったら、おいらのとこでもらえないかな」

「この牛を？」

「うん」

「牛なんか飼って、どうするの？」

「学問所に行きたくないとき、牛に乗って行くんだよ。そうすりゃちっとは楽しくなるだろ?」

夏之助がそう言うと、早苗は面白そうに笑った。

二

日本橋からつづく目抜き通りの、南伝馬町《みなみでんまちよう》三丁目。京橋《きようばし》のわずか手前にある薬種問屋〈青洲屋〉の前に人だかりができていた。

「嘘だろう。青洲屋がつぶれたって」

「繁盛してたじゃねえか」

「これほどの店がいきなりつぶれるかね」

「そういや、あのきれいな女あるじは、ここんとこ見かけなかったな」

さまざまな驚きの言葉や噂話が飛び交っている。

「ほらね、兄貴」

と、柳瀬洋二郎が、かたわらの北町奉行所与力・柳瀬宋右衛門に言った。

「ああ、驚いたな」

洋二郎から青洲屋がつぶれたと聞いてもにわかには信じられず、執務中の奉行所から抜け出して来たのだった。

閉ざされた戸に貼り紙がしてある。

資金繰りが立ち行かず、
店を閉じることと相成《あいな》りました。
長らくのご愛顧を感謝いたします。
店主

店主の名は記されていないが、おちさという女丈夫《じょじょうふ》である。大奥で女中をしていたが、暇をもらい、それから商売を始めて、わずか十六年でここまでの大店《おおだな》にした。

「資金繰りが立ち行かず、とある。ほんとでしょうか？」

と、洋二郎は首をかしげた。

「もともと、多額の借金で始めた商売だった、という噂はあったのだ。だが、売行きがいいことや、ほうぼうで青洲屋の名を見聞きするので、誰もこんな事態は想像しなかっただろうな」

柳瀬宋右衛門は言った。

「まずいですね」

「まずいな」

「青洲屋は突破口だったのに」

「あっちもつぶれていないだろうな？　例の金貸し。金太郎金《きんたろうがね》」

「今日のところはやってました。だが、青洲屋と金太郎金がどれくらいつながっているのか、はっきりしませんしね」

「そうだな」

「とりあえず、おちさの居場所を探ります」

「大丈夫か？」

「ええ。こうなったら、一刻も早く探し出しますよ」

そう言って兄と別れた洋二郎は、楓川《もみじがわ》沿いに出ると、北に向かった。

小網《こあみ》町にあったおちさの別邸。そこを見張ってみるつもりだった。

あの家で姪《めい》の早苗や隣の夏之助が殺されそうになった。いまは誰も使っていないというが、人の出入りはあるのではないか。青洲屋がつぶれたいま、逆に悪事の舞台になっていそうな気がする。

楓川沿い、すなわち本材木町の通りを八丁目から一丁目まで足早にやって来ると、

――ん？

河岸《かし》の柳の木のところに、伊岡夏之助が寄りかかっているのを見つけた。

「よう、夏之助じゃないか」

「あ、洋二郎さん」

力の入らない、まだ幼い表情である。

「なにしてるんだ？」

「ほら、牛が」

指差した先に牛が立っていた。

「牛がどうしたんだ？」

「迷子というか、置いてきぼりにされたみたいなんです」

「ふうん。それで？」

「いや、どうしたんだろうなと思って」

「ずっと牛を見てるのか？」

「ええ、まあ」

とくに変わったことをしているつもりは、ないらしい。だが、よほど暇でなければできないことである。

「早苗は？」

こういうときは、たいがい早苗もいっしょである。

「さっき帰りましたよ」

「そうか。じゃあな」

洋二郎は、牛の見物に付き合う暇はない。

三

早苗が帰ったあとも、夏之助はしばらく牛やその周りのようすをぼんやり眺めつづけた。もしかしたら牛のほうも、こんなふうに人の暮らしを見ているのかもしれない。

店は煙草屋《たばこ》をしている。

あるじは、店に座り、たまに来る客といっしょになって煙草を吹かしたりしている。

――ずいぶん、暢気《のんき》な商売だな。

あれで飯が食えていけるのだったら、ずいぶん楽な毎日だろう。それどころか、あるじの着ているものとか、けっこう余裕があるみたいである。

家族はお内儀《かみ》さんと二人だけらしい。

途中、裏のほうから長屋の住人みたいな男がやって来て、

「家主さん」

と、声をかけた。

ということは、裏に家作《かさく》も持って、貸しているのだろう。煙草屋のほかにもそんな収入があれば、暮らしも楽だろう。

ずっと見ていると、そんなところまでわかって面白い。

暮れ六つごろになって、隣の菓子屋のあるじが煙草屋に声をかけた。

「松右衛門《まつえもん》さんよ」

「なんだい？」

あるじの名は、松右衛門だった。

「牛はどうするんだい？」

「餌《えさ》は食べさせたし、親分からは一晩ようすを見ろと言われたし、仕方がないから、ここに置いておくよ。なあに、たまにあたしが見るから心配いらないよ」

「呆《あき》れたやつもいるもんだね」

「まったくだよ」

店の戸が閉められ、牛はそのまま残った。二階の窓に灯が点《とも》って、あるじが下を見た。すると、お内儀さんが来て、牛を指差してなにか言った。怒っているみたいである。

あるじはうなだれたまま、反論はしない。

――ここも、かかあ天下か。

ここもと思ったのは、友人の田島松太郎《たじままつたろう》から、

「お前が早苗ちゃんと所帯を持ったら、ぜったいかかあ天下になりそうだ」

と、言われたからである。

「おいらが早苗と所帯なんか持てるわけないだろうよ」

そう言い返した。

なんせ、向こうは与力の娘で、こっちは同心の倅《せがれ》である。早苗はやっぱり与力の跡継ぎに嫁入ることになるだろう。

それを思ったら、急にいろんなことが嫌になってきた。

――つまらない町だよな、八丁堀なんて。

なんだか急に元気を無くした夏之助が家にもどって来ると、

「遅いよ」

と、母に叱《しか》られた。

「うん」

「また、余計なこと、してたんじゃないだろうね」

「余計なことってなんだよ」

「早苗さんとふらふら歩いたりだよ」

「……」

最近はそのことを言われたら、返事をしないようにしている。なにか言い返しても嫌な気持ちになるだけだからだ。

父の清兵衛《せいべえ》がめずらしく早く帰っていて、末の妹を膝に乗せて酒を飲んでいた。かなり顔も赤い。

「夏之助」

声をかけられて身がまえた。父からも叱責《しっせき》されるのかもしれない。

「はい」

「青洲屋がつぶれたのは知っているか？」

意外なことを言った。

「いや」

あんな大きな店がつぶれることなどあるのだろうか。

「これで、お前たちが襲われたことも、うやむやになってしまうかもしれないな」

「うやむやって？」

「山崎半太郎の乱心ということでな」

「……」

誰もそうは思っていないのだ。

——もう一度、あのおちさという人に会ってみたい。

そうすれば、濃い霧がいっきに晴れるみたいに、すべて明らかになるような気がした。

四

翌日——。
二日つづけて学問所を怠けるとそのまま癖になりそうなので、夏之助は我慢して行くことにした。

もっとも行ったからといって、一生懸命勉学に励むわけではない。いちばん後ろの席につき、講義で使っている本の下に別の本を隠して読んでいる。このところ、いつもこうである。これで、甲だの乙だのという成績がもらえるわけがない。

このところは、『新・天象話説《てんしょうわせつ》』という写本を読んでいる。作者の朝野北水《あさのほくすい》という人は、有名な絵師の葛飾北斎《かつしかほくさい》の友だちだったらしい。北斎の絵には、なんとなく天文を感じるのだが、それはこの人の影響もあるような気がする。

空にある星は、どれもこの地球や月みたいなものなのだ。だから、ほかの星から地球を見たら、月みたいに見えるのだろう。

そして、ほかの星にも人やさまざまな生きものが住んでいるのかもしれない。

ただ、この本には、月に生きものの気配はないと書いてある。ずいぶん観察したが、生きものが生存できるような水や樹木はありそうもないのだそうだ。もし、いたとしても、砂や岩陰でも生きられるカニのような生きものだけではないかと。

——月のカニかよ。

想像しただけでドキドキしてくる。

講義が終わったことも上《うわ》の空で、本を読みつづけていると、

「おい、伊岡」

と、わきから声がかかった。

見ると、牛添菊馬《うしぞえきくま》がばつの悪そうな顔で夏之助を見ていた。

「なんだよ？」

夏之助は冷たい返事をした。牛添は、このところ江藤信輔《えとうしんすけ》たちの子分みたいになってあとをついて歩いている。もうこいつとは付き合いたくない。

「助けてくれよ」

「なにが？」

「江藤だよ。いや、いまは児玉《こだま》って名前だけど、あいつらの仲間から抜けたいんだよ」

「なんかされてるのか？」

「毎日、使い走りさせられてるんだ。昨日なんか、築地《つきじ》の旗本屋敷に、恋文を届けさせられたんだぞ」

「恋文？　お前の？」

「おれのじゃないよ。江藤があそこにいる腰元みたいな女を道で見染《みそ》めたらしいんだ。それで、その女あての文だよ。届けてすぐ逃げて来ようと思ったら、門番に咎《とが》められて、そのうち屋敷の侍とかも出て来て、おれは斬られるのかと思ったよ」

「へえ」

まさかそんなことで斬られるわけはないが、牛添はそのときのことを思い出したのか、握り締めた手をぶるぶると震わせた。

「しかも、しくじったと言ったら、今度は腰元が外に出たところで渡せだと。おれはもう嫌だよ」

「だったら、抜ければいいだろうが」

「抜けさせてくれないんだ」

「そんなの、お前がへらへらして近づいていったからだろうが。いまさら、どうしようもないだろう」

「冷たいこと言うなよ」

夏之助が帰り支度をして学問所を出ても、あとをついてくる。

「あいつらはもう学問所になんか来てないだろうよ」

「でも、道場には来てるし」

「おいらなんか頼ったって、どうしようもないだろうが」

「そう言うなよ」

牛添は怯《おび》え切っているのだ。

牛添が並びかけるのから逃げるみたいに、早足で江戸橋を渡ると、本材木町の手前に早苗が立っていた。

「あれ？　どうした？」

夏之助は訊いた。

「たいへんだよ、夏之助さん。昨日の煙草屋」

「牛がいたところ？」

「そう。あそこのあるじが、昨夜、殺された」

「ええっ」

夏之助は走り出した。

江戸橋から本材木町一丁目の煙草屋まではすぐのところである。

早苗も着物の裾《すそ》をぱたぱたさせながら走るし、牛添もわけもわからないくせについて来ていた。

「ほら」

町方の小者が立っているほか、五、六人の人だかりがあった。

「ほんとだ」

「あたしが来たときは、もう遺体は片づけられたあとだったけど、裏の戸口のところに倒れていたらしいよ。頭を殴られたみたいだって」

「へえ」

野次馬に混じって、路地のなかをのぞいた。怒られそうで、すぐ近くには行けないが、裏手は塀に囲まれていて、潜《くぐ》り戸が開いているのは見えた。

「牛がいないな」

「うん。あたしが来たときもいなかった」

なかから見覚えのある同心と岡っ引きが出て来た。今月は、たしか北町奉行所が月番だったはずである。うまくすると、早苗の父や、洋二郎からも事情を訊けるかもしれない。

「じゃあ、旦那。あっしはうちの若い者を連れて、牛の行方《ゆくえ》を探してみます」

岡っ引きがそう言うと、

「おお、頼んだぞ。牛の持ち主が下手人《げしゅにん》かもしれねえ」

同心はうなずき、小者《こもの》になにか言って、また家のなかにもどった。

「牛の飼い主が下手人だって」

と、早苗が言った。

「ああ」

たしかに、牛がまったく関係ないとは思えない。

それにしても、人殺しなどという大ごとが起きるとは、まったく予想しなかった。

いったん家に帰り、剣術道場に行く用意をして、そのまま、また本材木町にもどって来た。早苗はずっとここに居つづけである。

「なんか進展はあったか？」

「ううん。でも、岡っ引きの親分や下っ引きたちが、牛の足どりを追って、ここらをうろうろしているよ」

「ふうん」

するとそこに、牛添も、やはり竹刀《しない》や防具をかついでやって来た。さっき、夏之助が道場に行くふりをしてここに来ると言ったのを、わきで聞いていたのだ。

「なんで、お前まで来るんだよ？」

「いいだろう」

「ずっとおいらとくっついていたって、なにも解決しないぞ」

「それはわかってるけど」

二人のやりとりを聞いていた早苗が、

「どうしたの？」

と、訊いた。

「江藤たちの仲間を抜けたいんだって」

「抜ければいいじゃない」

早苗が軽くそう言うと、

「女みたいにかんたんにはいかないんだよ」

牛添は口を尖《とが》らせた。

夏之助たちが立っているのは、道を挟んだ河岸の上で、海賊橋《かいぞくばし》のたもとにも近い。段になったところに三人で腰をかけ、ときおり身体《からだ》をねじるようにして煙草屋を眺めることにした。

もちろん店は閉まっている。ただ、弔問客《ちょうもん》が出入りできるように、戸が一枚分だけ開けてある。二階の窓は閉まったままである。

昨日の夕方は、下に牛がいて、二階であるじとお内儀さんが喧嘩《けんか》したりしていた。それが一夜明けたら、あるじは殺され、牛はいなくなって、まるで生きもののいない月みたいに、ひどく殺伐とした光景に変わっている。つい、二階の部屋をカニがいっぱい這《は》い回っているところを想像してしまった。

しばらく三人でぼんやりしていると、

「見つかりました、牛が！」

と、下っ引きらしい若者が走ってきた。

店の前にいた奉行所の中間《ちゅうげん》がなかに声をかけると、同心が外に出てきた。

「どこにいた？」

「越中橋《えっちゅう》の下あたりで、草を食ってました」

越中橋はここからそう遠くない。

行こうかと立ち上がったとき、すでに向こうから牛を引いてくるところが見えた。

「あ、来た。昨日の牛だよ」

夏之助は言った。黒い大きな牛で、大きな乳房が揺れるのも見える。

「周りに飼い主らしいやつはいなかったのか？」

同心が訊いた。

「ええ。そんなようなやつは見当たりませんでした。あのあたりの者に訊いたら、朝から河岸沿いをうろうろしていたみたいです」

「ふうむ」

同心は不思議そうに首をかしげた。

「それと、先一昨日《さきおととい》の夜、そこの河岸から牛を下ろしている男たちがいたと言う者もいました」

「先一昨日の夜？」

同心はますますわからなくなったという顔をした。

牛が煙草屋の前につながれていたのが見つかったのは、昨日の朝である。ということは、二晩のあいだ、このあたりにいたことになる。

「ここにまたつなぎますか？」

「いや。もう、奉行所に連れて行ってくれ」

「わかりました」

下っ引きは牛を連れて、来た道を引き返した。

「どうする、夏之助さん？」

早苗が訊いた。

「うん。とりあえず、牛を追いかけようか」

三人で、引かれていく牛のあとをついて歩く。のろのろした足取りである。

「飼い主が来たのかしらね？」

「来てないと思うよ。来ていたら、あんなところでうろうろさせておくわけないよ。さっさと家のほうに向かうさ」

　夏之助は言った。

「じゃあ、どうして店の前からいなくなったの？」

「いちおう誰かが綱を外したからだろ」

「あるじを殺した人？」

「それはわかんないよ」

　三人で歩いていると、前から歩いて来た芸者が、立ち止まって牛を眺めた。

　洋二郎と付き合っているぽん太ではないか。

「あ、ぽん太さん」

「あら、早苗ちゃん。夏之助さんもいたのね」

「牛、好きなんですか？」

　夏之助が訊いた。ぽん太が牛を見つめた眼差《まなざ》しは、可愛《かわい》いものを見つめるそれだったのだ。

「大好きだよ。田舎の家で飼ってたからね。あたし、世話もしてたし」

「へえ。じゃあ、牛のことはくわしいんですね」

「くわしいかどうかはわからないけど。赤ん坊の牛から育てたこともあるよ」

「それならいろんなことを知ってますよね」

夏之助は、牛のあとを追うのをやめ、ぽん太の話を聞くことにした。どうせ奉行所までつけて行っても、そこからなかに入ることはできない。

「あの牛、この通りの一丁目にある煙草屋の前で、置き去りにされていたんですよ」

と、夏之助は来た道を指差し、

「それでもう一晩置いて、誰も取りに来なかったら、奉行所に届けようということになったのですが、今朝、その店のあるじが殺されてしまったんです」

「まあ。牛のせいで？」

ぽん太は目を丸くした。

真っ白に塗りたくった顔のなかで、目だけがやけに大きく目立っている。二つ目小僧と言いたくなるくらいに。

その二つの目がさらに大きくなったものだから、顔のなかで天変地異が起きたみたいになった。

「いや、牛のせいで殺されたかどうかはわかりません。でも、なにか関係はあったと思います」

「そうだったの」

「あの牛、お乳が大きかったですよね？」

「うん、大きかった。まだお乳を飲んでる仔牛がいるんだろうね」

ぽん太がそう言うと、

「じゃあ、お腹空《なかす》かしている仔牛がどこかにいるんだね」

早苗が同情したように言った。

「うん。でも、ほかにも何頭もいるときは、別の親の乳を飲んだりするからね」

「そうなんだ。それだといいけど」

「牛の乳なんて売り物にはなっていませんよね？」

と、夏之助が訊いた。

「そうだね。でも、牛の乳って、おいしいんだよ」

と、ぽん太は言った。

「飲んだこと、あるんですか？」

「あるわよ。人間の子どもだって、それで育てられるんだよ」

「へえ」

「どうして江戸の人は、あれを飲まないんだろうね。あたしはそこらで売ってくれたら、しょっちゅう買うけどね」

ぽん太の話はもっと聞きたかったが、いまから家にもどって着換えなければならないというので別れてしまった。

五

夏之助と早苗はまた煙草屋の前に来て、河岸の段に座り込んだ。

「伊岡と早苗さんて、いつもこんなことしてるのか？」

牛添が呆《あき》れたように訊いた。

「こんなことってなんだよ？」

「なんか、だらだらつまんないことを眺めたりして」

「つまんなくないだろうよ。そこで人が殺されたんだぞ」

「でも、見てたって、なにもわからないし、調べは奉行所がするだけだろうよ」

「なにもわからなくはないさ。いろんなことが見えてくる」

夏之助がそう言うと、

「うん、そうだよ」

と、早苗もうなずいた。

「お前たち、やっぱり変わってるよな」

「そうかな」

夏之助は早苗を見た。早苗はそれがどうかしたかという顔である。夏之助も、洋二郎ほどには変わっていないと思う。

「おれ、帰るよ」

と、牛添は言った。

「江藤たちのことはいいのか？」

「足くじいたことにして、しばらく道場は休むよ」

「それじゃあ、なんの解決にもならないぞ」

「おれ、道場を移ろうかなあ」

牛添はそう言って、帰って行った。

「牛添さん、かわいそうだね」

「ああ」

「でも、道場は移ったほうがいいよね」

「どこに行っても、嫌なやつはいるだろうけどな」

「そしたら、また移ればいい。そのうち、皆、大人になっちゃうよ」

早苗は笑いながら言った。

ほんとにそうかもしれない。大人に言えばかならず「負けるな、戦え」と言われるだろうけど、ああいうやつらはしつこいし、勝てそうもないやつを選んでなんのかんのとちょっかいを出してくるのだ。

だから、「負けるな、戦え」などと言われたら、ほんとにみじめで、鬱陶《うっとう》しい気持ちになってしまう。夏之助だって、もし、早苗がいなかったら、かなりひどい気持ちになっているだろう。

だから、早苗が言うように、逃げ回るのも手なんだと思う。どうして、そういうことを大人は言ってくれないのだろう。くだらないやつらからは逃げまわって、そのうちに自分もしっかり力をつけて、そうしたらまた、世界は変わっていたりするのではないか。

逃げることは、決して恥ずかしくない。十五の早苗のほうが、世の中の大人たちよりずうっと賢い。

しばらく、いろんなことを考えてぼんやりしていたが、

「なあ、早苗」

と、呼んだ。

「なに？」

「おいら、いま、変なことに気がついた」

「変なことって？」

「殺された店のあるじ——松右衛門という名前なんだけど、昨日の夕方、誰かを待っているようすなんてなかったんだよ」

「どういうこと？」

「ふつう、早く牛の持ち主が来てくれないかと思ったら、通りの右を見たり、左を見たり、あの人は違うかとじいっと見つめたりするよな」

「そうだね」

「松右衛門さんに、そんなそぶりはまったくなかった」

夏之助の言葉に、早苗は考え込み、

「どうしてだろう。別に迎えに来て欲しくはなかったのかな？」

「だったら、番屋に届けたりはしないよ」

「そうだよね」

「それで、先一昨日の夜、ここの河岸に舟から牛を上げるところを見た人がいるって言ってたよな」

「うん。あれも変な話だね」

「変だよ。それで、おいらは思ったんだ。あの牛って、この家のものだったら、あそこにつながれてあってもおかしくないよな」

「一昨日はいなかったよ」

「一昨日は裏庭のほうにいたんだ」

「そんな馬鹿な」

「いや、あの牛はたぶん、あの煙草屋のものなんだよ」

「煙草屋が牛飼ってどうするの？」

「煙草とは関係ないさ。ただ、あの乳が欲しいだけだったかもしれない」

「ぽん太さんが言ってたみたいにおいしいから？」

「それは、わかんないよ」

「だったら、ずっと飼いつづけるでしょ」

「それで、もうひとつあるんだ。おかしなことが」

「なに？」

「喧嘩してたんだよ。あるじとお内儀さんが」

「うん」

「お内儀さんは、牛を指差して怒ってたんだ」

「へえ」

「でも、あのあるじが牛のことでなにか悪いことしたか？　ただ、店の前に置き去りにされただけだろ？」

「そうだね」

「だったら、怒られる理由はないはずだろ？　それなのに怒られていたってことは、あの牛は、じつはあるじが連れて来たものだったってことにならないか」

夏之助がそう言うと、早苗はしばらく考え、

「ほんとだね」

と、笑った。

「先一昨日か一昨日の夜、ここらで牛の鳴き声を聞きませんでした？」

路地裏の長屋の住人に、早苗は訊いた。

「牛の鳴き声？　牛って、なんて鳴くんだっけ？」

「もぉおーって」

「そんな鳴き声、聞いてないなあ」

聞いたという人はなかなか見つからなかったが、大工道具を持って帰って来た男が、

「牛かどうか知らねえが、夜中に変な泣き声はしていたよ。そのいちばん端の家に、耄碌《もうろく》した爺《じい》さんがいるんで、その爺さんが泣いている声かと思ったんだ」

と、言った。

その家を訪ねてみると、爺さんの娘らしい人が、

「うちの爺さんは泣かないよ。ほら、見てみなよ。いつもへらへら笑っているだけ。あんなに楽しいなら、あたしも歳取ったら惚《ほ》けようかと思ってるんだ」

ほんとに爺さんは、笑っている。

「牛の鳴き声はしませんでしたか？」

「あたしは聞いてないねえ」

この家の向こうは、塀になっていて、なかは煙草屋の裏庭である。

もし、牛が鳴いたらよく聞こえるだろう。

「うーん、やっぱり違うのかなあ」

夏之助も自信がなくなってきた。

六

「牛って、そおっと飼うことなんてできるのかな?」

と、早苗が言った。

「さあ」

「ぽん太さんに訊いてみようよ」

早苗はそう言って歩き出した。

ぽん太の家は、八丁堀のなかにある町人地の亀島町にある。売れっ子の芸者になると、客に家をもらったりするらしいが、ぽん太はごくふつうの長屋住まいをしていた。

長屋の前に来たら、白粉《おしろい》は落としていて、小桶をこわきに出かけるところだった。

「ぽん太さんに牛のことでいろいろ訊きたかったのですが」

と、早苗が声をかけた。

「それはいいんだけど、いまから一度湯に行って、また化粧し直して夜のお座敷のしたくをしなきゃならないの」

　このところ、ぽん太の人気が盛り返しているという噂は本当らしい。ただ、かならず正統派の美人芸者と組まされるという話だった。

「じゃあ、夏之助さん。ぽん太さんに訊きたいことを紙に書いてよ。あたしがぽん太さんといっしょに湯に浸《つ》かりながら訊いておくから」

　早苗がそう言った。

「わかった」

　ぽん太の家の筆と紙を借り、いくつか訊いてもらいたいことを書いて、早苗に渡した。

　早苗はそれを持って、一足先にぽん太が入った湯屋ののれんを分けた。夏之助もただ待つのも馬鹿馬鹿しいので、竹刀や防具をかついだまま、男湯のほうに入ることにした。

「牛って、そっと飼ったりすることできますか？」

　ぬか袋で身体をこすり始めていたぽん太に、早苗は隣に座って訊いた。

「できるよ。餌《えさ》さえちゃんと与えてやれば」

「庭とか、物置き小屋みたいなところでも？」

「そうだね」

「鳴き声とかでばれますよね？」

「うん。でも、牛ってほとんど鳴かないよ」

「そうなんですか？」

「もぉーっていう鳴き声が有名だけど、牛って滅多に鳴かない。だから、一回くらい鳴いても、なんだいまのは、くらいで気にしたりする人もいないんじゃないの」

「へえ。それは飼ったことがある人じゃないとわかりませんね」

ぽん太は、きれいな身体をしている。

早苗は羨《うらや》ましくなって、つい見とれてしまった。

「やあね、早苗ちゃん」

「だって、ぽん太さんの胸とか、凄くきれいなんだもの。あたしなんか、身体はぽっちゃりしてるくせにお乳は小さいんですよ」

「早苗ちゃん、いくつ？」

「この正月で十五になりました」

「大丈夫だよ。ちゃんとお乳も大きくなるから」

「そうですかね」

　早苗は気を取り直して、

「牛の乳から、なにかほかの食べものをつくったりすることはできるんですか？」

　と、次の質問をした。

「できるよ。かきまぜているうち、脂《あぶら》が固まってくるの。牛酪《ぎゅうらく》って言って、それもすごくおいしいんだよ。温かいご飯のうえにかけて、醤油《しょうゆ》をたらして食べたら、おいしくって、ご飯なんか何杯でも食べられるよ」

「そうなんですか」

「でも、獣臭いって嫌がる人もいるから、あんまりつくる人もいないんだろうね」

「脂ですか」

「そう。ああ、また、食べたい」

「食べてる人、いるかもしれないですね」

「どこに？」

「それはわかりません。秘密にして食べているんです」

「へえ」

「そういう秘密の集まりがあって、そこの揉《も》めごとで殺されたっていうのは？」

「そうなの？」

「いや、夏之助さんなら、そう考えるんじゃないかなって」

早苗はそう言って、笑った。

「あとは？」

「牛のお乳ってどれくらい取れるんですか？」

「いっぱい出るよ。仔牛一頭だけじゃ飲み切れないくらい」

「いつも出るんですか？」

「いつもは出ないよ。あたしたちだって、赤ん坊を産まないと、お乳は出ないだろ。牛だっていっしょだよ。一年も出てたかねえ」

「じゃあ、やっぱり、牛の乳が目的で、あの牛を連れてきたんですね」

「そうだね」

ぽん太は身体を洗い終えて、もう一度、湯舟に浸かった。早苗もいっしょに入る。

「気持ちいいねえ、湯は」

「ほんとですね」

「最近、忙しいのよ」

「売れっ子じゃないですか」

「でも、いま、日本橋界隈の料亭は大騒ぎなんだよ。ほら、青洲屋がつぶれたよね」

「ええ」

「それがなぜか、越前屋《えちぜん》まで火の粉が降りかかってきたみたいでさ」

「え？　青洲屋って薬種問屋でしょ」

「そう。海産物とかまで手広くやってたけどね」

「越前屋は呉服屋じゃないですか」

「両替商とかもしてるけどね」

「それがどうして？」

「あたしになんかわかるわけないよ。でも、洋二郎さんが駆け回ってるよ」

「そうなんですか」

だから、このところ、毎晩遅いのかもしれない。

ぽん太は目を細め、

「洋二郎さんが、いっしょになろうって言ってくれてるんだよ」

ぽつりと言った。

「まあ。いいじゃないですか。あたし、大賛成ですよ」

以前は、手習いの先生をしている人が洋二郎に似合いだと思ったが、あの人では洋二郎が毎日、窮屈な思いをするかもしれない。ぽん太だったら、洋二郎のどんな駄目なところも許してくれそうな気がする。なにせ、牛とだって暮らすことができた人なのだ。

「あたしみたいな女といっしょになるのを、柳瀬家の人たちは許してくださると思う？」

「思いますよ。それに、あたしも応援しますから」

「早苗ちゃんもそう言ってくれるなら、考えようか」

ぽん太はそう言って、恥ずかしそうに微笑んだ。

七

夏之助が湯屋から出て来たのは、早苗がぽん太と入口で別れてからずいぶん経《た》ったころだった。すっかり温まった顔で、頰《ほお》のあたりはつるつると輝いている。

早苗がぽん太から聞いた話をざっと話すと、

「牛の脂が？」

やはり、そこが引っかかったらしい。

「そう。おいしいんだって」

「どうやってつくるんだ？」

「牛の乳をかきまぜると、固まってくるんだって」

「難しくないのか？」

「そうみたい」

「もしかしたら、そういうのを秘密で食べる会とか、あるんじゃないかなあ？」

夏之助がそう言うと、

「うふっ」

早苗は思わず噴《ふ》いた。

「なんで笑う？」

「あたしもそう思って、夏之助さんもそう思う気がしたから」

「あのあたりにいるのかな？」

本材木町の煙草屋のところにもどると、どうやら葬式が終わったところらしく、ちょうどお坊さんが小坊主を連れて帰って行った。

つづいて、ぞろぞろと近所の人たちも出て来た。

「煙草屋のあるじと親しくしていた人っていますか?」

夏之助も弔問客みたいに神妙な顔になって訊いた。

「あの下駄屋のあるじとは親しかったね」

前を歩く男を指差した。

「ありがとうございます」

下駄屋のおやじは、数軒先の店の前に来ると、なかに声をかけて清めの塩を身体に振りかけた。歳は五十くらいか、やけに脂ぎった顔をしている。

「すごいね、あの顔の光り具合」

と、早苗が先に言った。

「いかにも牛の脂を食べそうだな」

「でも、牛の脂を食べているのかって訊くの?」

「訊いても言わないだろうな」

「店じまいするころ、あとをつけようか?」

「そうだな。でも、早苗といっしょにいると怒られるからな」

「あたしは平気だよ」

「お前は平気でも、おいらの家は駄目なんだ」

「じゃあ、どうする？」

「おいら、一人でつける」

「それは駄目だよ。また危ない目に遭うから」

と、そのとき――。

一度、店に入った下駄屋のあるじがまた、外に出てきた。黒い羽織を脱いできただけらしい。

「お前さん、どこ、行くんだい？」

後ろから、怒ったような声がした。

「ちょっとな」

「まだ店じまいしてないよ」

「ちょっと早くてもいいじゃねえか」

「そうやってふらふら歩いてると、煙草屋の松右衛門さんみたいな目に遭うよ」

「ひでえことを言うな。ちょっとだけだよ」

「晩飯はどうすんだい？」

「勝手に食っとけ」

と、歩き出した。

「ねえ、夏之助さん。どこへ行くんだろうね？」

「脂ものを食べる会の仲間が集まって、松右衛門さんの追悼《ついとう》の宴会かもな」

「つけようよ」

結局、二人であとを追った。


それから半刻（約一時間）後——。

「人は見かけによらないね」

早苗が笑いながら言った。

「まったくだ。でも、なんなんだろうなあ」

夏之助は首をかしげた。

あのあと、下駄屋のおやじはすぐ近くのおでん屋に入り、こんにゃくを肴《さかな》に一杯飲みはじめた。

「ねえ、夏之助さん。おでんを一本ずつくらいならお金あるよ」

「隣に座る気か」

夏之助は心配になった。自分たちはこのところずいぶん危ない目に遭っている。

「ここは大丈夫だよ。通りに面してるし」

「わかった」

おでんを一串ずつ買って、下駄屋のおやじのわきに座った。

「よっ。仲がよさそうでいいな」

おやじのほうから声をかけてきた。

これ幸いと、夏之助は訊いた。

「おじさん、松右衛門さんのお葬式に来てたでしょ」

「ああ、お前たちもいたのか？」

「ええ、まあ。こんにゃくなんかより、もっと脂っぽいやつのほうがおいしくないですか？」

「そんなこと、ないよ。おれんとこの女房は脂っこい魚だの、天ぷらだの、そんなのばっかり食わせるから、おれは家で飯を食いたくないんだ。こんにゃくとか、冷やっことか、さっぱりしたやつがいちばんさ」

顔をぎとぎとさせながら言った。

「へえ。松右衛門さんは、脂っぽいものが好きでしたよね？」

「松右衛門が？　そんなことない。あいつも、さっぱりしたものが好きだったよ」

「でも、牛の乳を」

夏之助がそう言うと、下駄屋のおやじは目を剝《む》いて、

「しっ。お前、なんで、知ってんの？」

と、訊いた。

「やっぱり、そうですか」

「ははあ、お前たち、牛の乳の使い道が知りたいのか？」

「いちおう、まあ」

と、夏之助はとぼけた。

「ふっふっふ。あいにくだ。おれはこう見えても、口は固いんだぜ」

下駄屋のおやじはそう言って、夏之助の細い背中を、ぱしんと叩いたのだった。

八

翌日の朝餉《あさげ》のとき——。

「ねえ、怒らないって約束して」

と、早苗は食べている途中で切り出した。

「あ、また、危ないところに行ったのか？」

洋二郎が言った。

「行ってないよ。それはちゃんと気をつけているよ」

「じゃあ、なに？」

紅葉《もみじ》が訊いた。

「海賊橋を渡ったところの煙草屋で、あるじが頭を殴られて死んでたでしょ」

「あ、そういえば、夏之助があのあたりでうろうろしてたぞ」

洋二郎が箸《はし》を止めた。

「それはたぶん前の日だよ。あの店の前に牛が置き去りにされていたの……」

と、順を追って説明した。

早苗は面倒な話も順序良く話すのは得意である。夏之助だと、順序がおかしくなったり、肝心なことを話し忘れたりするが、早苗はそんなことはない。

「……というわけで、あの牛は煙草屋がお乳を取るために、どこかの農家から買ってきたらしいの。しかも、その牛のことが原因で、お内儀さんと喧嘩になっていたわけ。置き去りにされたとか言って、奉行所に持って行ってもらおうとしたのも、いまさらもどすのは面倒になったからじゃないかな。となると、怪しい人が出てくるよね」

「……」

皆は目を丸くして早苗を見ている。

「でも、じゃあ、どうして煙草屋のあるじが、そんなに牛のお乳を欲しがっていたのか、そこが謎なんだよ。そこがわかると、怪しい人が松右衛門さんを殴ったわけもはっきりするんだけど、いまのところ、まったくわからないの。あたしと夏之助さんと、ずいぶん考えたけどね。誰か、わかる?」

早苗はそこまで言って、皆を見回した。

「驚いたな。また、夏之助と早苗が手柄を立てたぞ」

と、宋右衛門が呆れたように言った。

「褒《ほ》めたほうがいいんですかね」

母が複雑な顔で早苗を見た。

「そりゃあ、褒めるしかないだろう」

「ちょっと、待って。でも、あたしたち、肝心のところがわかってないんだよ」

早苗が慌てて言った。

「いや、肝心なところは、かんたんなことだ」

「かんたんなの、父上？」

「ああ。面白いものだな。その牛が、煙草屋のあるじが連れてきたのだと見破ったり、夫婦喧嘩の意味を見て取ったり、そこまでは恐ろしく鋭いのに、その先は想像がつかないんだ。なあ、洋二郎」

「ええ。夏之助は、やっぱり子どもなんですよ」

「そうだよな」

宋右衛門が笑いながらうなずくと、

「ほんとね」

「早苗も子ども」

と、母や紅葉までいっしょになってにやにやした。

「え、なあに？　教えて」

早苗は洋二郎に頼んだ。

「洋二郎。北島《きたじま》町の岡っ引きを連れて行って、さっさと解決してやってくれ」

「わかりました」

「いちおう、隣の夏之助も連れて行ってやれ。手柄を立てたのだからな」

「そうですね」

洋二郎は飯を食べ終えていて、すぐに立ち上がった。

「あたしもいっしょにいいでしょ?」

早苗も立ち上がろうとすると、

「駄目」

と、わきから長女の若葉《わかば》が言った。

このところ、ご飯は離れで食べているが、夫の右京《うきょう》が早めに出て行ったらしく、今日はこっちに来ていた。

「どうして?」

「早苗はもう、夏之助といっしょに出歩かないほうがいいって」

「どうしてそんなこと言うの?」

「右京さまが」

「右京さまがそんなこと言ったの?」

「右京さまは、うちのことを思って……それに危ないでしょ」

「父上」

早苗はすがるように宋右衛門を見た。

「うん。ま、洋二郎がいっしょに動くのだから、危ないことはないだろう」

洋二郎は、顔なじみらしい若い岡っ引きを連れて、本材木町一丁目の煙草屋を訪ねた。夏之助と早苗もあとをついて来たが、さすがに家のなかにまで入れるわけにはいかない。

今日は戸が二枚分開いているが、のれんは出ていない。まだ商いは始めていないのだろう。洋二郎は、表から顔を覗《のぞ》かせ、なかにいたお内儀に、

「悪いが、ちっと裏庭を見せてもらえませんか？」

と、言った。

嫌そうな返事が聞こえた。

「裏庭ですか」

「ええ、大事なことなんでね」

洋二郎はなかば強引に、お内儀に裏庭を案内させた。

裏庭には、ほとんどなにもない。

蔵があり、そっちは煙草の葉が入っているという。どこかからいい匂《にお》いがただよって来る。

そのわきに、物置き小屋があった。

「そっちは?」

「なにもありませんよ」

「でも、見せてください」

洋二郎はお内儀の身体を軽く横に退《の》かすようにして、小屋の戸を開けた。

途端に藁《わら》の匂いがした。

よく見ると、土間に藁くずが落ちていた。

乳の臭《にお》いもした。

「お内儀さん。ここに牛がいましたよね?」

「え?」

「お乳を取りたくてね」

「お乳?」

「とぼけちゃいけませんよ。ご亭主には、お妾《めかけ》がいたんじゃないですか? そして、最近、赤ん坊が生まれたんですよね?」

と、洋二郎が言うと、お内儀は早くも真っ青な顔になって、へなへなと崩れ落ちた。

夏之助と早苗は、洋二郎と岡っ引きが煙草屋のお内儀を番屋に連れて行くのを店の前で見送った。

「お妾に子どもができて、お内儀さんはずっと我慢してたけど、乳の出が悪いからって、牛なんか飼ったりするものだから、我慢しきれなくなったんだって」

と、早苗は言った。いま、洋二郎が手短に教えてくれたのだった。

「そうか、お妾かあ」

そういう女に子どもができて――といった事態は、まったく想像がつかなかった。もちろん、妾という言葉は知っていたが、夏之助の想像の域にはなかったのである。

「松右衛門さんも、殺されたのはかわいそうだけど、しょうもない人だよね」

「うん、まあ」

「夏之助さんも、嫁をもらったら、お妾欲しい？」

「お妾？　欲しくないよ、そんなもの」

「そうだよね」

「そうだよ」

とは言ったが、そもそも夏之助にとっては、妾などという話はまるでぴんと来ない話だった。

九

数日後――。

小名木《おなぎ》川沿いの五本松近くにある青洲屋のおちさの別宅に、丹波美濃助《たんばみのすけ》が舟で訪れたのは、だいぶ夜も更《ふ》けてからだった。

「すまぬ。遅くなってしまった。寝ていたのを、起こしてしまった」

「大丈夫です。どうせ一日中寝ているのですから、いつ、起こしていただいてもかまいませんよ」

おちさは鷹揚《おうよう》に笑った。

美濃助のため、茶を淹《い》れようとするのを止めてから、

「越前屋は大騒ぎだ」

と、言った。

「そうですか」

「あるじが自ら駆け回っている。奉行所にも来た」

「なんて？」

「青洲屋がつぶれたのには偽装の疑いがある。おちさの行方を探してくれとさ」

「それで、奉行所は？」

「株仲間だの全体の動きについては把握するが、個別の店の商いにまで首を突っ込むわけにはいかないもの」

「そうですよね」

「越前屋が、五百両ほどの損失で、あそこまであたふたするとは思わなかったな」

「うふふ。このあと囁《ささや》かれる評判が怖いのですよね。わかってますよ、越前屋は」

おちさは凄みのある笑みを見せた。

「あとは、瓦版《かわらばん》屋あたりに書き立てさせよう」

「はい。大恥かかせてあげましょう」

「つぶせるぞ。あの大店を」

「わたしもできるような気がしてきました。間に合ってくれるといいのですが」

おちさはそう言って、手首を摑《つか》むようなしぐさをした。親指と人差し指が重ねられるくらい、細くなっていた。

「それと、あの子どもたちだがな」

「早苗ちゃんと夏之助？」

「ああ」

丹波美濃助は苦々しげに頬を歪《ゆが》めた。

「どうなさったんです？」

「先夜、本材木町で煙草屋のあるじが殺された。それで、その日の朝から煙草屋の店先に牛がつながれていたそうだ」

「牛が？」

「それを、通りがかった例の夏之助というのと早苗の二人が、面白がってしばらく眺めていたそうだ」

「あの二人らしいですね」

「あいつらは、なんであんなところに牛が置いてきぼりにされたのかと、不思議に思ったらしい。それで、店の夫婦のちょっとした喧嘩や、あるじのようすから、その牛は誰かが置いていったのではなく、始末に困り、奉行所に引き取ってもらうため、置き去りにされたようにしたのではないかと想像した」

「まあ」

「それで、なぜ、牛を飼おうとしたのかは、乳を取るためで、じつは近くにいる妾に子どもができた」

「なるほどね」

「そこらは大人が調べたのだが、殺しが明らかにされたのは、牛が置き去りにされたのではないと見破ったからだ。そんなこと、誰が考える？」

「ほんとですよね」

「そこからはかんたんさ。近所の妾があるじの子をなした。お内儀も、自分に子ができないので、そこまでは我慢した。ところが、乳の出が悪く、あるじが牛の乳を飲ませるというので、葛飾《かっしか》の在《ざい》から乳の取れる牛を買い、そっと家に入れた。よそで子をつくったのは我慢できたが、そのため自分の住む家で牛を飼い、乳を取るなんてことは許したくなかった」

「それはわかる気がしますね」

おちさは寂しそうに笑った。

「女房の剣幕に負け、また牛を持って行くのも面倒なので、置き去りにされた牛と偽って、奉行所に引き取ってもらうことにした」

「なんという浅知恵なのでしょう」

「その夜、あるじがそっと牛を見に行き、最後にもう一杯だけと、乳をしぼってもどって来たのを見て、お内儀は激怒した。台所にあった薪《まき》の丸太で頭を殴り、殺してしまったというわけさ」

北町奉行所が担当だった事件でも、番屋などを通じ、くわしいようすは伝わってくる。

「わしは、その話を聞いて、背筋が寒くなったよ。青洲屋をつぶし、わしらの悪事を追えないようにし、すべての罪は山崎半太郎に負わせる。さらに、越前屋の不正を匂わしたところで、ひとまず幕を引こうとしているが……」

「あの子たちが見破りますか？」

「あいつらは、わしらのかどわかしの脅迫状から、大奥の代参《だいさん》を利用したことまで見破ったのだぞ」

「子どもらしい素直な目で、じいっと見つめるからでしょうね」

「まあな」

「それで大人なら考えないことまで考えて、それを確かめるのでしょ」

「そうだ」

「また、大人と違って、たっぷり暇もありますしね」

「まったくだ」

「でも、ほんとに賢いですね」

「賢いけれど、われらにとっては、天敵にもなりうるぞ」

丹波美濃助が憎々しげにそう言ったのに対し、おちさは目を細め、どこか嬉しそうにこう言ったのだった。

「もし、あの子たちにわたしたちの悪事が見破られ、それで破滅するのだとしたら、わたしにはそれが運命だったような気がしますよ」

第二章　猫の卵

一

伊岡夏之助は霊岸島の塩町にある遠い親戚の家に泊まって、明け六つとともに八丁堀の家にもどる途中だった。

霊岸橋の近くに来たとき——。

目の前を歩いていた男が突然、なにかにつまずいたように転んだのである。

一瞬、老人が転んだのかと思い、

「危ないっ」

と声が出たが、まったく違った。

転んだ男はすばやく片手をつき、這《は》うようにしたまま五、六歩進んだが、また体勢を整え、そのまま歩み去った。老人とは正反対の、機敏な動きだった。

夏之助は、いまの男が転んだところで立ち止まり、なににつまずいたのだろうと、地面を見渡した。

別に出っぱったり、へこんだりはしていない。

——なんだったのだろう？

と、首をかしげたところへ、

「なにもないだろう？」

わきから声がかかった。

豆腐屋があり、そこのおかみさんらしかった。豆腐屋は朝が早い商売だと聞いたことがあるが、この店もだいぶ前から仕事を始めていたのは、店のようすからもわかった。

「はあ」

「なにもないのに、転ぶんだよ、あの男ったら」

おかみさんは迷惑そうに顔をしかめた。毎日、豆腐をつくり、おそらく自分も食べているはずだが、そのわりに浅黒い肌をしている。だみ声のためか、ふつうに話していても、義太夫《ぎだゆう》を語っているような調子だった。

「わざとですか？」

「そうだろう。でなきゃ、毎朝、同じところで転ばないよ」

「毎朝、転ぶんですか？」

「そうだよ」

「いつぐらいから？」

「もうひと月以上だよ」

「若い人でしたよね」

「ああ、まだ十七、八ってとこじゃないの？　おかしなやつがいたものさ」

「へえ！」

こんな話が、夏之助の興味をかきたてないわけがない。

今日は、学問所に行かなくてもいい。学問所自体は開いているが、夏之助が取っている講義がないのだ。

それで、剣道の道場の朝稽古に出ることにした。

朝稽古は苦手である。とくにこの時期は、寒いのなんのって、床板が冷たくて、立つのも痛いくらいなのだ。この痛みを解消するには、とにかく動いて、身体を温めるしかない。

そうまでして朝稽古に出て来るのには、わけがある。

じつはこの半月ほど、おかしな剣の稽古に励んでいるのだ。地摺《じず》りの剣と呼ばれる構えである。竹刀《しない》の先を床につけるように低く構え、ここからいっきに撥《は》ね上げて、相手の小手を撃つ。

師範たちは眉《まゆ》をひそめるような邪道の技だが、夏之助は上背が足りなかったり、あるいは身体つきがこの動きに合っていたりするせいか、この技が面白いように決まる。

この日も、ひとつ歳上の蝶谷増蔵《ちょうやますぞう》という先輩から三本つづけて取り、次に田島松太郎からも三本取った。

「おっ。また、面白い技を編み出したのか」

師範代がからかうように言った。

一時期は逃げる稽古ばかりしていて呆れられたこともある。だが、期待されていない弟子の場合は、教える側もどうしたって適当なのだ。だから、夏之助あたりがちょっと変わった剣さばきをしようが、たいして怒られもしない。

「いえ、そういうわけでは」

一汗かいて、壁ぎわにもどると、江藤たちがそばに来た。

また、いまの剣についてからかわれるのだろうと思ったが、そうではなかった。

「よう。牛添はどうしてる？」

「知らない」

「お前とつるんでいるって聞いたぞ」

「つるんでなんかいない」

「ふうん」

「ほんとに知らないんだな」

正木《まさき》が脅すように言った。

「ああ」

牛添は、道場を移ると言っていたが、ほんとにそうするつもりなのか。

「会ったら言っておけ。いったん子分になったら、死ぬまで子分だからなって」

嫌な脅しだった。もちろん、そんなことを伝えるつもりはない。伝えれば、牛添はひどく怯えるだろう。

夏之助は返事をせず、ほかの者の動きに見入るふりをした。

江藤たちが稽古に入ったのを尻目に、夏之助はそっと引き上げることにした。

外に出ると、早苗がいた。

「なんだ、来てたのか」

「たぶん夏之助さんも来てるだろうと思ったんだよ」

早苗は同じ敷地にある薙刀《なぎなた》の道場のほうへ通って来ているが、まるで熱心ではない。二人の姉が使った薙刀や防具が勿体《もったい》ないと言われて、仕方なく習っているのだ。もちろん切り紙や免許をもらおうなんて気は毛頭ない。「あたしは、薙刀より柔術が習いたかったんだよ」なんて言っていたが、たとえ柔術をやっていても、あまり進歩はなかった気がする。動きがおっとりしているので、武術はどれも合わないのだ。

「ちょうどよかった。話したいことがあるんだ」

歩きながら、夏之助は今朝見かけた男の話をした。

「へえ、毎日、同じところで転ぶなんて、面白いね」

「面白いだろう」

自慢げに言った。面白そうなことを見つけたときは、得したような気になってしまう。

「その人、起き上がり小法師《こぼうし》とか言われていない？」

「言われてないと思う」

「なんなんだろうね」

「わからないよ」

「そこ、行ってみようよ」

「ああ」

言われなくても早苗を誘うつもりだった。

夏之助や早苗の家は、八丁堀でも北のほう、霊岸橋に近いあたりにある。だから
いつもは日比谷《ひびや》河岸のほうから帰るが、今日は高橋を渡って将監《しょうげん》河岸を歩いた。

「今日あたり面白いことないかなあって期待してたんだ。右京さまが機嫌悪いらしくて、若葉姉さんまで元気無くなっちゃって」

「そうなの」

「若葉姉さんは紅葉姉さんと違って気に病むほうだから」

「紅葉さんはやっぱり気にしないんだ？」

「ぜんぜんしないよ。だいたい、男の人は紅葉姉さんの前じゃ機嫌悪くならないから」

「どうして」

「嬉《うれ》しくてにこにこしちゃって。しかも、機嫌よくしなかったら、紅葉姉さんに相手してもらえなくなるから、もう、皆、馬鹿みたいに楽しそうにするよ」

「凄《すご》いね」

じっさい、紅葉の美貌《びぼう》はあたりを蹴散《けち》らすほどなのだ。

河岸沿いを歩いていくと、土手に緑色がちらほら出てきているのがわかった。

「ふきのとう出てるよ、夏之助さん」

「ああ」

「帰りに採っていこうか？」

「嫌だよ。あんなの採って帰ったら、食べさせられるだろうが」

「ふきのとう、嫌い？」

「嫌いだよ。苦いし」

「その苦いのがおいしいんだよ。ちょっと甘くした味噌《みそ》に刻んで入れると、すっごくおいしくて、ご飯もいくらでも食べられるよ」

「そうなのか」

早苗が言うと、ほんとにおいしそうである。

二

「そこだ」

夏之助は立ち止まって、地面を指差した。

「ここ?」

霊岸島というのは、昔、砂洲《さす》に土盛りをしてできた町だそうで、かつては歩くとふにゃふにゃするので、こんにゃく島と呼ばれていたらしい。いまは、そんなところはないが、それでも八丁堀あたりと比べると、地面に凹凸《おうとつ》が多いのは感じる。

だが、この河岸沿いの道は、平らな歩きやすい道である。

「こんなところで転ぶんだ」

「ああ。こんなふうにさ」

夏之助はやって見せた。

すると、豆腐屋の奥に今朝話したおかみさんがいて、

「あ、そうそう。そんなふうに転ぶんだよ」

と、言った。

「なんか慣れた転び方って感じでしたよね？」

「そうだね。ほんとに、どういうつもりなんだろう？　なんか、毎日、うちの前で転ばれると、商売にケチつけられている気がしてきちゃうよ」

「ケチつけられるような覚えあります？」

と、夏之助は訊いた。

ほんとにそうなのかもしれない。

「うーん。真っ当な豆腐屋の商売をしてるつもりだけど、でも、人はどこで恨みを買うかわからないからねえ」

おかみさんは首をかしげた。

そんなふうに考えられる人は、たぶん恨みも買っていない。恨みなんか買うわけないと自信満々な人ほど、どこかで恨みを買っていたりするのではないか。

「おいら、そのわけを探ろうと思って来たんですよ」

「あら、そう。お姉さんといっしょに？」

「お姉さん？」

「弟なんだろ？」

「違いますよ」

夏之助はすこしムッとしたが、早苗は面白そうに微笑んでいる。

「妹？」

「友だちですよ。隣の家の」

「ふうん」

からかうような目をした。だが、そんな目は慣れている。

「じゃあ、わけをうまく探れたら、二人に、この蒸《ふ》かし芋を一本ずつあげるから」

と、豆腐屋のおかみさんは、店先の大釜の蓋《ふた》を開けた。大きなさつま芋がうまそうに湯気を上げている。

「え？　ここ、豆腐屋さんでしょ？」

「冬は、芋も売るんだよ。湯豆腐と芋って相性がいいだろ」

「そうなの？」

夏之助は早苗を見た。

「わかんない」

「ま、それはいいけど、約束ですよ」

と、夏之助は言った。

「嘘はつかないよ」

「でも、当人に訊けば、いちばんかんたんなんじゃないの？」

早苗が夏之助に訊くと、

「当人は言わないよ。もちろん、あたしだって訊いたよ。なんで、毎日そこで転ばなくちゃならないんだい？　なにかのあてつけかい？　ってね」

と、おかみさんが言った。

「なんて答えたんですか？」

「そんなことではない。それだけ」

「ふうん」

それはおかみさんでなくとも気になるだろうし、この難問のごほうびならさつま芋の一本や二本はもらってもいいような気がしてきた。

「ほんとにここだけで転んでいるのかな？」

と、夏之助が視線を地面に這わせながら言った。

「そうか。それはわかんないよね」

「どこから来て、どこに行くのか。でも、どこから来るかを知るのは大変そうだな。どこへ行くのかは、どうにか突きとめられるかもしれないけど」

「そうだよね。暗いうちにどこかからやって来るんだもんね」

「あとをつけるのは、やらなくちゃならないだろうな」

家を確かめれば、意外にかんたんに謎が解けるかもしれない。

「その人、町人だった？」

「いや。刀を一本差してたな」

「武家なの」

早苗は心配そうな顔をした。

町人のほうが面倒は少ないのだ。

「あとつけたりしているのに気づかれて、斬られたりはしないよね」

「嫌なこと、言うなよ」

「昼間とか、夜は通らないんですよね？」

夏之助は、おかみさんに訊いた。

「夜はここを閉めちゃってるからわかんないけど、昼間、通ったのは見たことないと思うよ。もっとも転ぶから気がつくので、すうっと通られたら、気がつかないかもね」

「そうかあ」

「あとつけるとしたら、明日の朝だね」

と、早苗が言った。

「うん。その前にいろいろ考えてみよう」

三

日本橋を北側に渡って少し行くと、右手にあるのが呉服商〈越前屋〉である。豪商たちの店舗が立ち並ぶ室町のなかでも、ひときわ大きな間口を誇っている。

その越前屋に、北町奉行所与力の柳瀬宋右衛門と、弟の柳瀬洋二郎が顔を出した。ほかに三名ほど小者を伴なっているが、彼らはなかに入らず、通りで待機していた。

「これは柳瀬さま」

あるじの五井《ごい》清左衛門《せいざえもん》が、若旦那の清蔵《せいぞう》とともに二人を迎えた。表ではなんだからと、裏手にある客間へと案内される。

「忙しいところをすまぬな」

柳瀬宋右衛門は穏やかな笑みを浮かべて言った。

「いいえ、とんでもございません。急なお申し出で、せめて朝のうちにでもおっしゃっていただけたら、どこか料亭でもお取りしましたのに」

四半刻（約三十分）ほど前、つぶれた青洲屋のことで話を訊きたいと、小者に連絡を入れさせ、返事を待ってすぐに出てきたのである。

「そんな気づかいはしないでくれ」

「柳瀬さまも、南の丹波さまも、仕事ができる方はお固くていらっしゃいますな。そういえば、丹波さまのご次男が、柳瀬さまのご養子になられたとうかがいました。おめでとうございます」

「いや、なに」

「北と南の腕利き同士がご親戚になったというので、ここらの商人たちのあいだでも評判でした。なにかお祝いをと、お奉行さまたちにも伺ったのですが、それは双方とも嫌がるだろうからやめてくれと言われまして」

「まさしくその通り。そんな気使いは無用に願いたい。ところで、丹波どのもそんなにお固いか？」

と、宋右衛門は訊いた。

「はい。ずいぶん面倒を見ていただいているのに、接待などはいっさいさせていただけません」

「うむ」

「ほんとは嫌われているのではないかと、心配になってしまうほどです」

「あはは。ときに、青洲屋のことなのだが、つぶれたことで越前屋に多大の損をかけたという噂を聞いたのだが」

「そうなんでございます」

「呉服商と薬種問屋がどんな関わりが？」

「それは、この倅の清蔵のほうから」

と、清左衛門は隣の息子を見た。

清蔵はうなずき、

「青洲屋は、薬種問屋だけでなく、手広く海産物の問屋も営んでいて、南方の島々や、八丈島へも船を行き来させており、しかも、薬種や海産物のほかにも各地の特産品を江戸に運んで来たりしていました。そのなかに、琉球の紅型《びんがた》や八丈島の黄八丈《きはちじょう》といった反物《たんもの》があり、これを大量に持って来て、越前屋が独占的に売るということを考えたのです」

「若旦那が？」

「そうですが、いま思えば、うまく向こうの口車に乗ってしまったのかもしれません。それで、そのための店を新たに出し、この春からは最初の品ぞろえを展開しようとしていた矢先でした」

「もう、どうにもならないと？」

「それはそうです。仕入れと品川につくった新しい店に使った五百両は回収できないでしょう」

「失礼だが、五百両というのは越前屋さんにとって、それほどの痛手とは思えないが？」

柳瀬宋右衛門が訊くと、

「額ではないのです。この越前屋が、迂闊《うかつ》にも危ない話に乗っていたということが、各方面での信頼を失《な》くします。しかも、売り出しのため、いろいろ準備をしていたのも、恥をかくことになりました」

と、清左衛門が答え、

「かならずうまくいくと思っていました。わたしは、歌舞伎役者にも知り合いは多く、彼らにその黄八丈や紅型を着てもらい、大流行するはずでした。その役者衆にも頭を下げてまわっています」

清蔵が付け加えた。

「おちさとは、どこで？」

「わたしが、料亭で芸者から紹介されたのです。浜代という芸者でした」

「浜代……」

柳瀬は洋二郎を見て、そっとうなずいた。

「浜代が死んだのは知っているな」

「ええ。何日かして聞いたのですが、わたしが何度目かに、おちさと会った晩のことですよ。大事な商談でしたが、紹介してくれた手前、浜代もいっしょでした。商談のときは、席を外させましたがね」

「そうだったのか」

「その晩ですよ。なんでも溺《おぼ》れて死んだとか。身投げかもしれないというんでしょう。わたしはあんな明るい子が身投げなんかするわけないと思ったんです。それは、料亭の女将からも町方のほうに伝えてもらっているはずです。でも、町方がいろいろ調べてそういう結論に達したと聞いたので、わたしは引き下がるしかありませんでした」

若旦那に動揺の気配はない。

「越前屋さんは、青洲屋になにか恨まれる覚えがあるのかい？」

「いやあ、そんなものはまったくありませんね」

親子は顔を見合わせ、首をかしげた。

四

「転ぶ仕事ってあるかな?」

と、早苗が言った。

「転ぶのが仕事?」

「うん」

「ただ転ぶだけっていうのはなあ」

夏之助も考えてみたが、そんなものは思いつかない。

「ちょっと転んでみようか?」

歩いて来て、同じところでつまずいたみたいにして転んだ。

「べたってならないの?」

「ああ。あの男はならなかったよ。こう、身を低くして」

やってみると、転んだというより、這いつくばったというほうに近い。

「この姿勢になると、けっこう力が入るなあ」

「へえ。だったら、足腰を鍛えるのにはいいかもね」

「なにか、武術の稽古かな」

「そんな武術、ある？」

「こうやって、前進してきて、ダーンて鉄砲を撃ちかけられたら、ぱっと頭を低くして、また前進」

もう一度、転ぶしぐさをしながら言った。

「すごぉーい、夏之助さん」

「これ、あるか？」

一瞬、的を射たかなと思った。鉄砲足軽の調練。

「でも、そういう稽古って、大勢でやりそうだよね」

早苗が言った。

確かにそうである。鉄砲足軽が一人でこんなところで調練などするわけがない。

「しかも、同じ場所で撃たれるってことあり得ないしな」

やはり、そんなわけはない。

「もしかして、役者の卵だったりして」

と、早苗が言った。

「役者？」

「粋《いき》な転び方の稽古をしてるわけ」

「別に粋でもなかったぞ」

「あ、だったら誰かの気をひきたいんじゃないの？」

「気をひく？」

「そう。大丈夫ですか？　とか、言われたいわけ。紅葉姉さんが言ってたよ。男って、気をひきたくて、紅葉姉さんの前でいろんなこと、するんだって」

「どんなこと？」

「そば屋で、ざるそばを十枚も食べてみたり、怪我《けが》なんかしてないくせに、腕を吊《つ》ってきたりするのもいるんだって」

「馬鹿みたいだ」

「そう。そんなお馬鹿な人なんじゃないの？」

「ここらに可愛い看板娘がいるならそういうのもあるかもしれないけど」

夏之助は後ろを見た。

豆腐屋のほかには、煮売り屋、飲み屋があるが、まだ店を開けていない。朝早く、店が開いているのは、あの豆腐屋だけではないか。

「あのおばさんの気をひくのか？」

「それはないよね」

「ない」

二人は顔を見合わせて噴き出した。

「じゃあ、転ぶと見えるものがあるんじゃないの？」

「あ、それは面白い。どれどれ」

夏之助はもう一度、転んだ恰好《かっこう》をして、周囲を見回した。

「縁の下とか、塀の下とか。見えるものない？」

早苗もわきにしゃがんで言った。

だが、どう見ても、とくにそんなものはなさそうである。すぐわきは、夏之助たちの胸くらいまである山茶花《さざんか》の生垣《いけがき》で、萎《しお》れ始めた花がちらほらあるくらいである。

「どうだい、調子は？」

豆腐屋のおかみさんが、そばに来て訊いた。

「まだわかりませんよ」

「じゃあ、これは前金の分だよ」

と、蒸かし芋を半分にして、渡してくれた。

「ありがとうございます。でも、解けるかどうか、約束できませんよ」

「それはいいよ」

「いただきます」

「おいしい」

二人が食べるようすにおかみさんは目を細め、

「あんたたち、仲良くていいね」

「そうでもないですよ」

「この前、喧嘩したよね」

「うちなんか毎日、喧嘩ばっかりだよ。昔はいいことばかり言って、あたしを口説《くど》いたくせにね」

おかみさんの愚痴など二人は耳に入らない。おいしそうに芋を食べつづけた。

五

その晩――。
柳瀬洋二郎は、小網《こあみ》町にある空き家の前で足を止めた。

このあいだまで、青洲屋の別宅だった家である。

だが、あるじがいなくなり、青洲屋がつぶれて、この家はいま、南町奉行所預かりとなっている。

昼は奉行所の小者が来て、出入りする者がいないか見張っているが、夜は誰もいなくなってしまう。

その家の裏口から、そっと人が出て来たのだ。

——なにやつ。

裏口にはたしか錠前がかかっていて、カギはおちさが持って行ってしまったらしい。

だが、出て来たのはおちさではない。体型や動きからして若い男だろう。

男はすばやく道を横切り、前の蔵の狭い路地に入った。

洋二郎は迂闊に近づかず、耳を澄ました。

舟に飛び移ったような音がした。

小網町の川沿いは、鎧《よろい》河岸と呼ばれるが、蔵がつづいている。この蔵に荷物を運び入れる舟だけが接岸する。

ぎぎい、ぎっ、ぎっ。

と、櫓《ろ》を漕ぎ出す音がして、蔵と蔵のあいだを舟が横切るのがわかった。

ここでようやく、洋二郎は川の近くに寄った。

日本橋川である。もう少し下流に、鎧の渡しという渡し場がある。いまは夜中なので、渡し船はない。

舟は霊岸島のほうへ向かっている。

洋二郎は足音を消しながら、その舟を追って走った。


――いいぞ。


やっと運に恵まれたかもしれない。

青洲屋がつぶれたことで毎日、足を棒のようにしておちさの足取りを追っていた。

だが、おちさの行方は本当に手代《てだい》たちですら知らないらしい。

おちさは表向きの仕事をする者と、きわどい商売をする者をわけていて、後者はほんの一握りであり、つぶれるのを前に、上方《かみがた》に向かってしまった。越前屋の若旦那と仕事をするはずだったのも、そうした連中である。

「おちささんは亡くなったかもしれない」

と、思っている手代たちも多かった。

もし、本当におちさに死なれたら、さまざまな謎は闇に葬られてしまう。なんとしても、おちさを生きたまま捕まえたい。

舟は大川に出ると、上流へ向かった。斜めに進むところを見ると、東岸のほうに向かうのだろう。

洋二郎は永代橋を渡って、舟を追った。

追っているのを知られないよう、気をつけて駆ける。明かりがあるあたりは、身を隠しながら進んだ。

舟は小名木川に入り、かなりの速さでまっすぐ行く。大川は上げ潮時らしく、かなり速い。

息切れがしてきた。

だが、追跡をやめるわけにはいかない。

小名木川沿いの道は、新高橋あたりまでは、右手の道しか進めない。

周囲が閑散としてきたころ、舟はようやく止まった。五本松に近いあたりで、段差ができているところに舟をもやうと、男はあたりを窺《うかが》うようにし、通りに面した家の前に立ち、中の者に合図を送ったらしい。

やがて戸が開いて、男は中に入り、まもなく二階が明るくなった。

洋二郎は二階のようすに目を凝《こ》らした。

障子に影が映り、いま入った男が、その障子を開けて、雨戸を閉めはじめた。

ふいに振り向き、なにか言った。

男の視線が下を見ていた。相手は寝たままなのだ。

男はうなずき、立ち上がって、着物を広げてみせた。女物の小紋らしい。色合いからして女物であるのは間違いない。

たぶん、いま、あの小網町の家から持ってきたものではないか。寝ている女が、大事な着物を取って来させたのだ。

死の床にあっても自らを装いたいという女ごころなのだろう。

——おちさだ。見つけたぞ。

柳瀬洋二郎はほくそ笑んだ。

六

翌朝——。

夏之助は例の豆腐屋のところに行くため、明け六つに家を出ようとすると、

「夏之助。どこに行くの？」

後ろから母親に声をかけられた。

思わずびくりとする。

「おどかすなよ」

「後ろめたいから驚くんだろ？　どこ行くの？」

「朝日に向かって剣の稽古だよ」

「早苗さまもいっしょじゃないだろうね」

「違うよ」

母親は外へ出て、息子が川のほうに向かうのを眺めていると、隣の門から出てきた早苗と顔を合わせた。

「おはようございます」

「あ、おはようございます」

「夏之助さんは？」

「なんでも朝の稽古だとか」

「そうですか」

と、早苗は屈託のない笑顔を見せた。

夏之助は、豆腐屋からすこし離れたところのお稲荷《いなり》さんの祠《ほこら》の後ろに隠れた。

だいぶ明るくなってきたが、まだ人の通りは少ない。

まもなく、急ぎ足で昨日の若い男がやって来た。

豆腐屋の前にさしかかると、やっぱり転んだ。

だが、べたっとは転ばない。

左手を懐に当てた。

それから、這いつくばるように四、五歩進み、もとにもどった。

昨日とまったく同じだった。

夏之助は、あとをつけた。

すぐ近所の屋敷だった。拍子抜けするくらい近所だった。

庭を入れても、早苗の家よりは狭そうであるが、夏之助の家よりは広い。百五十坪といったところか。

黒板塀《くろいたべい》で囲まれ、中はよくわからない。門構えは武家屋敷のものとは違う。前に入った青洲屋の別宅と造りが似ている。

だが、入っていったのは若い侍である。

町人の家だが、武家の別宅になっているのか。

詳しくはわからず、いったん家にもどった。

朝飯を食べ、学問所に行き、まるで興味がわかない講義を二つ聞いてから、帰りにまっすぐ豆腐屋に行った。

早苗が待っていた。

「どうだった？」

「屋敷は、わかったよ」

豆腐屋の裏手になる。

ここからも見えている。

「おばさん、あそこの家には誰が住んでいるかわかります？」

「ああ、あそこは家主が貸しているんだよ。ええと、なんとかというお旗本に」

「お旗本？　なんでわざわざこんな町人地の家を借りるんだろう」

「水辺の家が借りたいというので探したらしいよ」

「そうか」

ここは大川にこそ面していないが、大川はすぐ近くだし、霊岸島新堀《しんぼり》と越前堀が十字になって交差するすぐわきになっている。まさに水辺の町である。

「川のそばは、冬は暖かく、夏は涼しいらしいよ。そういうことかな」

早苗がそう言ったとき、

「あ」

窓辺に娘の姿が見えた。あいだに庭があり、表情などははっきりわからないが、若い娘だというのはわかる。

不思議なことに顔がよく見えなくても、身体つきや着物の柄、動き方などで、だいたい歳はわかってしまう。

「なんか、じっとこっちを見てるね」

「うん。あんまり見るなよ」

早苗は頭を下げた。

向こうもゆっくりうなずいた。

「ん？　もしかして」

と、夏之助はかがんでみた。

「あ、ここでかがむと、塀の下になって、あの女の人からは見えなくなるぞ」

「ということは、あの人から見られないようにしてるわけ？」

「うん」

逆なのだった。転ぶと見えるものではなく、転ぶと自分が見えなくなるのだ。

「でも、あの家の人なんでしょ？」

「そうだけど」

転んだときの恰好を思い出した。

「懐になにか入れていたんだ。たぶん、転んでぶつけたりすると、割れたり、壊れたりするんだよ」

「それを毎朝、届けてるのかな」

と、早苗が言った。

「そうかもしれない」

二人の話すようすを見て、

「あんたたち、なんだかわかってきたみたいだね」

豆腐屋のおかみさんが感心したように言った。

七

「ほら、あの人、まだ、見てるよ」

「ああ」

夏之助は照れ臭い気持ちになってきた。

「手を振ってる」

「ほんとだ。近づけないかな」

窓辺の娘は、横のほうを指差した。

「向こうに入り口があるって言ってるんじゃないの？」

「そうだよ。こっちからは行けないんだ」

早苗は自分たちを指差し、それから娘が示したほうに向け、首をかしげた。

あたしたちも、そっちから来いってこと？

そう訊いたつもりである。

窓辺の娘がうなずくのがわかった。

「行ってみようか？」

「でも、塀に囲まれているぞ」

「行けば開けてくれるんじゃないの？」

その家を訪ねた。

やはり門は閉まっている。

やがて、若い女の声がした。

「源右衛門《げんえもん》、開けて」

「なぜです」

と答えた声は、若者の声ではない。

「入れたい者たちがいるのです」

ゆっくり門が開いた。

「当家の姫は、どなたにもお会いできないのだが」

「源右衛門。医者はそんなことまで言わなかったぞ」

後ろから、その姫が言った。

「ですが、お疲れになって、前にも話をされたあと、熱を出されました」

「大丈夫、気をつけるから」

家のなかに案内されるとき、奥の部屋にあの若い侍が見えた。

心配そうな顔をしている。

廊下を歩きながら、早苗に耳打ちした。

「今日は余計なことを話すのはよそう」

「わかった」

座敷にと源右衛門が言うのを姫は首を横に振り、

「わらわの部屋に」

と言って、二階に上がった。

「新之助《しんのすけ》にお茶を運ばせます」

源右衛門が言った。

姫の部屋に通された。

二階のふた部屋分を使っていた。窓が東と南と西側にある。一日中、どこかの窓から日差しが入る。

「ゆりです」

「ゆり姫さま。どんな字ですか？」

と、早苗が訊いた。

「友の里と書きます」

「はい。友里姫さま。柳瀬早苗といいます」

「伊岡夏之助といいます」

「友里姫さまは、おいくつですか？」

「この正月で十五になりました」

「あ、同じです。あたしも夏之助さんも」

「そうなの」

友里姫は嬉しそうにした。

「そなたたち、あそこでなにをしていたのです？」

「ええ、謎を解いていたのです」

と、そこへ新之助がお茶を持って来た。

「木村《きむら》新之助です。わらわの世話をしてくれています」

「よろしく」

硬い顔で頭をすこし下げた。

「それで、どんな謎を？」

「じつは、ある家の前に牛がつながれていまして」

新之助がいるので、本当のことは言えない。

「まあ、面白そう」

「それで、その謎を解いたら、あそこの豆腐屋のおかみさんが蒸かし芋をくれるというので、いろいろ話をしていたのです」

「ふうん」

「姫さまは、お身体が?」

「ええ。よくないの」

とだけ言った。病名とか、どこが悪いとかは言いたくないのだろう。ただ、肌はかなり日焼けしているみたいで浅黒い。といって、どこか青みがかっているため、健康そうには見えない。夏之助や早苗と背は同じくらいだが、ずっと痩《や》せていた。

「にゃあ」

と声がして、虎縞《とらじま》の猫が階段を上がってきた。

「フネ。おいで。お客さまよ」

呼ばれた猫は、友里姫の前を通り過ぎて、南向きのほうの窓の手すりにのった。猫の毛に陽の光が当たって、金色っぽく輝いた。

「きれいな猫でしょ」

友里姫が自慢げに言った。

「ええ。うちも飼ってます。タマっていいますが」

「そうなの。猫って可愛いよね」

姫の顔がほころんだとき、下から源右衛門が上がって来て、

「姫さま。優庵《ゆうあん》先生が回診にお見えです」

「あ、そうなの」

「おそらくすぐ終わりますから、お待ちいただいては?」

「ちょっとだけ、診てもらうあいだ、待っていてくれる?」

「はい」

「いいですよ」

姫と新之助は下におり、夏之助と早苗は二階で待つことにした。

八

二階にいるのは、夏之助と早苗、それに猫だけになった。夏之助は部屋を見回した。それほど荷物はない。ほとんどは押入れの中の長持などにあるのだろう。床《とこ》の間《ま》の棚に、お茶の道具と、本が何冊かあるだけだった。

「友里姫さまは、たぶん労咳《ろうがい》だな」

夏之助は小声で言った。

「そうだね」

「早苗、いいのか？　うつるって言う人もいるぞ」

「平気だよ。身体が弱い、よく風邪をひく人がうつるんだって」

「そうだよな」

二人とも身体こそ小柄だが、丈夫で、風邪もひいたことがない。

「なあ、早苗」

「なに？」

「新之助さんが毎朝持ってくるのって、食べものじゃないかな」

「食べもの？」

「丈夫になるため、毎日、食べさせるんだ」

「そうかもしれないね」

「労咳の人に効く食べものってなんだ？」

「そりゃあ卵だよ。滋養《じよう》がつくっていうでしょ」

「それだ」

夏之助は手を叩きそうになった。

「卵を運んで来てるの？」

「そう。だから、転ぶとき、懐を守るようにするんだ。卵を落として割ったりしないようにね」

「でも、おかしいよ。だったら、ここの庭でニワトリを飼えばいいだけじゃないの」

八丁堀でもニワトリを飼っている家はいっぱいある。滋養がつくのはわかっているが、卵は買うとけっこう高いのだ。

「そうか。朝、鳴くから嫌なのかな」

「だって、充分、早起きしてるじゃない」

「そうだよな」

「それに、卵を運ぶことなんか、別に隠しだてしなくたっていいんじゃないの？」

「うん。でも、それには……」

夏之助が考え込んだとき、友里姫がもどって来る音がした。

「お待たせしてごめんなさい」

「いえ、別に」

夏之助は首を横に振った。

「医者もとくに変わったことはしないの。しっかり食べて、いっぱい寝て、息を大きく吸うようにって、それだけ」

「あまり外に遊びには行かないのですか？」

と、早苗が訊いた。

「行かない。行きたいところはあるけど、行くとやっぱり疲れが出て、熱が上がったりするの」

「じゃあ、退屈ですね」

「そう。だから、朝から窓の外ばかり見てるの。医者からはお日さまにいっぱい当たるようにと言われているので、朝日から夕日まで、追いかけるように窓を移るの」

と、三方の窓を目で追った。

だから、日に焼けているのだろう。それに、日差しを追いかけるようにすれば、寒さもしのぐことができる。

「でも、ここから、いろいろ見えますね？」

夏之助は訊いた。

「そうよ。いい景色じゃないけど、いろんな人の暮らしているようすが見えるの。

小石川《こいしかわ》の家だと、庭はきれいだけど、人が見えないから、すぐ飽きてしまう。ここは、一日中見ていても飽きないわよ」

「へえ。ちょっと見せてもらってもいいですか?」

「どうぞ」

夏之助は窓辺に行き、まずは東の窓の景色を見た。

「あたしもいいですか?」

「いいわ」

早苗につづいて友里姫も立ち上がり、夏之助の後ろに立った。

ここは表通りからは中に入っているが、表通りに二階家があまりないので、景色はひらけている。朝日が昇ってくる東側には、霊岸島の新堀の流れや、箱崎《はこざき》側に渡る湊橋《みなと》なども見える。ただ、手前の道を歩く人は、人家にさえぎられて見えない。

ところが、少し左側の豆腐屋の前のあたりだけは、人家のあいだになって、生垣の向こうを通る人の、胸から上あたりは見えている。

――やっぱりそうだ。

と、夏之助は思った。

新之助は、ここで姫が見ているため、姿を見られないよう、あそこで腰をかがめる。そのようすを怪しまれないため、転んだふりをしているのだ。

次に南側の窓辺に移った。

三人が来たので、窓辺でひなたぼっこをしていた猫のフネは、鬱陶《うっとう》しそうに逃げて行ってしまった。

こっちは百坪くらいの庭が真下に見えている。大きな木は少ないが、よく整えられた庭である。

庭の向こうは町家がびっしりつづいている。ここらは新川沿いに大きな酒問屋や醬油《しょうゆ》の問屋、海産物問屋があるので、そのお店者《たなもの》たちが住む長屋も多いのではないか。

――ん？

わきのほうに小さな小屋のようなものがあり、いまいなくなったフネがそこに飛び乗るのが見えた。

まるで、犬小屋とか鳥小屋みたいに、猫小屋をつくったのだろうか。

そして、西側に移った。

「あ、八丁堀の町並が見えるよ、夏之助さん」

「ほんとだ」

左半分は蔵で視界が妨げられているが、右半分には日本橋川や越前堀の流れと霊岸橋、そして与力や同心たちの組屋敷のほんの一部が見えている。

「あ、あそこ、うちの屋根じゃないかな？」

「どこ？」

と、姫も早苗の指先を見た。

「あの茅場町富士があるところ、わかりますか？」

「あ、あれ、そうなの？　どうして三角のものが出てるんだろうって思ってた」

「そのちょっと手前の屋根、うちの屋根です。夏之助さんのところは、あ、その横のところに見えてるね」

早苗は嬉しそうに言った。

「ねえ」

と、姫は二人の顔を見た。

「はい？」

「なにか？」

「お前たちは、恋をしてるのですか？」

恥ずかしそうに、だが、ちょっと羨ましそうに訊いた。

九

「お邪魔しました」

「ありがとうございました」

そう言って、二人は玄関を出ると、門のところまで送ってきた新之助に、

「ちょっといいですか?」

と、夏之助が声をかけた。振り返ると、ここから二階の窓は陰になって見えていない。

「なにか?」

「新之助さんは、毎朝、卵を運んでますよね?」

「うん。姫にそれを言ったのか?」

新之助は眉をひそめながら訊いた。

「いや、言ってません。そのことはなにも言ってないので、安心してください。ただ、本当のことを知りたいだけなんです」

「本当のこと?」

「ええ。その卵って、もしかして猫の卵なんじゃないですか?」

夏之助がそう言うと、

「猫の卵!」

早苗も驚いた。

「やっぱり姫と話したのではないか。そうでなければ、猫の卵なんてことを言うわけないだろう」

「いえ、なにも話してませんよ。考えたのです」

「どんなふうに?」

「新之助さんは、毎朝、卵を運んでくるが、姫には知られないようにしていますよね?」

「ああ」

「それってすごく不思議なことです。それで、思ったのです。たぶん、姫は医者から身体のために卵を毎日食べるように言われているが、ニワトリが嫌いで、その卵も食べたくはないんじゃないかって。そういう人って、けっこういるんです。じつは、おいらの母もそうで、あんな飛ばない鳥の卵なんて食べると、ちゃんとしたことができない人間になっちまうって」

夏之助がそう言うと、後ろで早苗が、

「へえ、そうだったんだ」

と、つぶやいた。

「でも、ほかの生きものの卵だってことにしたらどうだろうって思ったんです。それで、さっき上から、猫のフネが小屋みたいなところに入るのを見たんです。あの中に藁《わら》の巣みたいなものが置いてありますよね」

「あ、あれを見たのか」

「あそこに、朝、取ってきた卵をそおっと置いて、猫が卵を産んだって思わせるのかなって」

「そうなんだ」

また後ろで早苗がつぶやいた。

「でも、ニワトリの卵を猫の卵だと思わせようとしても、誰だって、これはニワトリの卵だろうって疑いますよね。それに、ニワトリの卵なら、わざわざ新之助さんが遠くのほうから持って来なくても、そこらのニワトリを飼っている家からゆずってもらうこともできるでしょう。それをしないというのは、ちょっと変わった卵を持って来るからじゃないですか？」

「驚いたな。あんた、よくそこまで考えたもんだ」

「当たってました？」

「ああ。じつは、わたしが毎朝早くに、深川の農家から仕入れてくるのは、軍鶏《しやも》の卵なんだよ」

「軍鶏！　あの、喧嘩が強い、いかにも野生の鳥って色合いの？」

「そう。軍鶏の卵は、ニワトリの卵とはちょっと見た目も違うし、色も茶色が強く、フネの毛色と似ているんだ」

「なるほど」

「だから、姫も信じたんだよ」

そこへ早苗がわきから訊いた。

「でも、わざわざ毎朝運ばなくても、まとめて買って来て、一個ずつあそこに置くことはできないんですか？」

「それができたら、わたしもそうしたいよ。あいにくと、軍鶏ってニワトリみたいにそうそうたくさん卵を産まないんだよ」

「そうなんですか」

「わたしが買ってくる農家では、オスメス合わせて十羽くらいいるんだが、それでも産まない日があるくらいなんだ。しかも、産みたての卵というのは、やっぱりわかるんだよな」

「あ、わかります。産みたてって、黄身がぷくっとしてたり、殻もできたてって感じだったり、やっぱり違うんですよ」

と、早苗が言った。

「それであぁして毎朝、軍鶏の卵を取りに行き、姫にわからないように、あの小屋の中に入れて、さもフネが産んだみたいに取り出すのさ」

「それにしても、猫の卵にしなくてもよかったんじゃないですか?」

夏之助が苦笑いしながら言った。

「あれは、もともと、姫が言い出されたのだ。猫の卵なら食べたいって」

「そうなんですか」

「もちろん、猫は卵を産まないと申し上げたのだが、姫は子どものときに、猫が卵を産むところを見たことがあるとおっしゃって」

「それで、どうしたんです?」

「とにかく、お医者に訊けば、卵の滋養は姫のご病気にいちばんいい、どんな卵でもいいというので、試しに軍鶏の卵をお見せすると、これこれと」

「それで軍鶏の卵を届けることになったわけですか」

「でも、この仕事もあと少しで終わりになる」

新之助は、寂しそうに言った。

「どうしてですか？」

夏之助は嫌な予感がした。

「姫はまもなく安房《あわ》のほうに移られるのです」

「安房に？」

「潮風が姫の病にいいらしいのです」

「新之助さんもいっしょに？」

と、早苗が訊いた。

「いや、わたしは小石川の屋敷にもどり、家宰《かさい》の見習いをすることに」

「じゃあ、猫の卵は？」

「向こうで誰かが探すことになるでしょうね」

新之助は寂しそうに言った。

「ねえ、夏之助さん」

友里姫の家を出て歩き出すと、早苗は言った。泣き声になっているのがわかったので、夏之助は早苗のほうを見ることができなかった。

「なんだよ？」

「友里姫さまは新之助さんのことが好きなんだよね」

「そうなのか」

「だから、あたしたちにあんなこと訊いたんだよ」

「ふうん」

「新之助さんも友里姫さまのことが」

「ああ」

それは夏之助にもわかった。猫の卵を誰かが探すと言ったときの顔は、かわいそうなくらい寂しげだった。

「姫さまはたぶん、知ってるかもね」

「なにを？」

「あれが猫の卵じゃないってことだよ」

「そうなの？」

夏之助が訊くと、

「そうに決まってるじゃない。でも、新之助さんが毎朝持って来てくれるのが嬉しくて、騙《だま》されたふりをしているんだよ。そんなこともわかんないの」

早苗は怒って言った。

夏之助は、たぶん早苗は自分に怒っているのではないだろうと思いながら、なんと言っていいかわからず、早苗の少しあとを歩いた。

豆腐屋の前に来ると、

「おや、あんたたち」

と、おかみさんが声をかけてきた。

夏之助はどうしようと迷ったが、

「おばさん。あれ、わかりましたよ」

と、早苗が言った。

「なんだったい？」

「あそこのお姫さまにはないしょで、家来が産みたての卵を毎朝、買って来ているんですって」

「あら、そうなの。でも、ないしょにすることないだろうにね」

「家来が毎朝買いに行っていると知ると、気持ちのやさしいお姫さまだから気にするんですって」

早苗はうまく、猫の卵のことには触れずに話した。

あまり変わった話だと、おかみさんはそこらでしゃべって回るかもしれないのだ。

「だから、あそこから見られないように、転んだふりして、うちの前を通り抜けていたんだね」

おかみさんも納得したらしい。

「そういうわけ」

「たいしたもんだ。ほら、約束だよ」

おかみさんは大釜を開け、大きな蒸かし芋を二人に渡して寄こした。

それを川べりに座って、食べることにした。

ふうふう言いながら一口食べ、

「おいしいね、夏之助さん」

早苗はすっかり笑顔にもどっていた。

十

早苗が部屋に入ると、隣の部屋から、

「姉さん、お願い」

という声がした。

「だって、一両は大金だよ」

「でも、姉さんならいざってときのため、十両くらいのお金は貯めているって言ってたじゃない」

「だって、それは両替商に預けてあるもの」

「一両も手元にないの？」

「そりゃあないことはないけど」

「だったら、お願い」

紅葉がお金に困って、若葉に無心しているらしかった。

「いつ、返す？」

「明日には返す」

「だったら、いいわ」

若葉はそう言って、いったん離れに引き返した。

「聞いたよ」

と、早苗が顔を出しても、

「子どもの聞く話じゃない」

たいして悪びれもしない。

若葉はすぐに、小判を一枚持ってきた。

「明日にはぜったい返してね。右京さんが、お守りみたいに大事にしているお金なんだから」

「約束する」

「まったく、紅葉ったら」

若葉は呆れ顔で、部屋に帰って行った。

「助かった」

と、紅葉はその小判を押しいただくしぐさをした。

その小判を、早苗はわきからちらりと見た。

——ん？

小判なんか滅多に見たことはない。だが、すこし変な感じがした。

「紅葉姉さん。ちょっと、それ貸して」

「駄目。いまから持って行くんだから」

「ちょっとだけ」

文字が刻まれているが、その文字の中にうっすらと○に木の字の刻印が押してあるではないか。正面から見ると目立たないが、早苗は横から見たので気づいたのだ。

「こんなところに刻印なんかある？」

「あるわよ。小判はたいがい刻印が押してあるものなの」

「でも、こんなところにだよ」

「知らない。そんなこと、どうでもいい」

「洋二郎おじさんは？」

「いないでしょ」

「洋二郎おじさんが帰って来るまで、これ置いといて」

「駄目」

と、紅葉は取り上げてしまった。

「使うの、そのお金？」

「お金は使うためにあるの」

「使わないでおくように言って」

「無理」

紅葉は急いで出て行った。

しばらくして洋二郎が帰って来た。

やけに疲れている。

腹も減っているらしく、どんぶり飯に味噌汁をかけて食べはじめた。

「おじさん。昔、木戸良三郎さんがかどわかしに遭ったとき、身代金の小判に刻印を打ったって言ってたよね」

「ああ、それがどうした？」

「出てきたよ」

「なに？」

「右京さんがお守りみたいに大事にしているお金だって。それを紅葉姉さんが明日には返す約束で借りたんだよ」

「どれ？」

「持ってっちゃった」

「どこに？」

「わかんないよ。でも、友だちのお千代《ちよ》ちゃんなら知ってるかも」

「行こう」

洋二郎は、早苗の母の芳野《よしの》に一両を貸してもらい、早苗の手を引いて飛び出した。

南伝馬町のお千代の家に向かう途中、楓川の河岸沿いの道をちょうどもどって来た紅葉に出会った。

「紅葉ちゃん。小判は？」

「もう渡したよ、友だちの若旦那に」

「すぐ、取り戻さなければならないんだ。ほら、これと替えてくれ」

「小判なんか、同じでしょ」

「そうじゃない。その小判は兄貴が襲われた理由を明らかにするかもしれないんだぞ」

「え」

紅葉の顔色が変わり、二人を連れて引き返した。

「ここ。ちょっと待って」

中に入り、番頭らしき人に「若旦那は？」と訊ねる声が聞こえた。

いなかったらしく、すぐに出て来て、

「裏のほうに行ったみたいだって」

裏手に神社があった。

ちゃんと社殿がある。その裏手に四人の若い男たちが一人を囲んでいた。

「若旦那」

「紅葉さん」

若旦那は怯えていた。

「おい、脅されてるのか?」

洋二郎が声をかけると、

「てめえ、助けを呼んだのか?」

「違うよ」

「事情を言え」

洋二郎が近づくと、四人の若い男たちが身がまえた。いずれも、いかにも悪そうな面構えである。

「サンピンだか、冷飯食いだか知らねえが、引っ込んでろよ。バクチの負けを払ってもらっただけなんだから」

「いいから、いま若旦那から取った小判を寄こせ。ちゃんと、別の小判をやるから」

と、洋二郎は兄嫁から借りた一両を見せた。

「なんか、これって特別な小判みたいだな」

「ああ、返すこたぁねえぞ」

「二両にしてくれたらやるよ」

若い男たちは、好き勝手なことを言い出した。

「つまらないことを言ってないで、早く寄こせ」

洋二郎は、小判を持っている男の前に行き、腕をひねって、小判を取り返した。

「ふざけんなよ」

相手はいっせいに飛びかかってきた。

洋二郎は刀を抜くこともなく、この四人をたちまち叩き伏せていた。

第三章　呪う文字

一

右京の小判を入手した洋二郎は、兄の宋右衛門に会うため、その足で奉行所に向かった。家に帰るのをのんびり待っているような話ではない。

「急を要する大事な話なので」

門番にそう伝えると、柳瀬宋右衛門はすぐに外へ出て来て、

「どこらへんの話だ？」

と、訊いた。

「丹波どのの」

「では、下手なところに入るのはよそう」

お濠《ほり》沿いで立ち話をすることにした。このほうが、下手な場所でないしょ話をするより盗み聞きされる心配がない。

「兄貴。これを見てください。ここのところです」

と、小判を見せた。

「ん？　この刻印は」

「木戸家が用意したものではないですか？」

「ああ。おそらく間違いないだろう。これをどこで？」

「右京さんがいざというときのために持っていたへそくりの一枚らしい。それを、なにも知らない若葉さんが、紅葉さんに貸した」

「なぜ、右京が？」

「おやじからもらったのでしょうな。むろん、事情は知らないでしょうが」

洋二郎は、道々考えながら来た。それしか考えられない。

「丹波どのがな」

「兄貴。青洲屋のおちさと丹波さまというのは、結びつくのですか？」

「知らなかったな」

町方の与力は、担当にもよるが、江戸の主だった商人とは一面識くらいはある。

だが、そこはやはり、限度というものがある。

「丹波どのが、商人と利害でつながりますかね？」

「それだよ。丹波どのというのは、いざというとき金離れはいいし、裕福そうにも見えるので、誤解する者もいるのだが、調べてみたら金のことではまったく清廉潔《せいれんけっ》白《ぱく》の身なのだ。誰に聞いても、賄賂《わいろ》など取ってないし、贅沢などしていない。いちおう右京を養子にするとき、そこはさりげなくずいぶん訊いてあるのさ」

「ええ、わかりますよ」

洋二郎も、若葉の婚儀のときに来ていた丹波美濃助をじっくり眺めさせてもらった。足袋《たび》の底がつくろってあるのも見たし、へこんだところのある煙管《キセル》を大事そうに使ってもいた。むしろ、倅の右京のほうが、贅沢を好むようだった。

「与力など忙しくて、商いの真似ごとなどできるわけがないのは、わたしがいちばんわかっている」

「金をひそかに貯《た》め込むのが道楽では？」

「貯めるだけで使わないというのか？」

「それじゃただのケチですよね」

やはり、丹波とは結びつかない。

「だが、青洲屋のおちさが奉行所の力と結びついていたのは間違いない」

「そうですよね」

「まさか丹波どのとは思わなかった」

柳瀬宋右衛門の穏やかな顔が、曇った。

思っていたら、丹波の倅を婿《むこ》にもらうわけがない。

「死んだ山崎という同心が、丹波どのに可愛がられていたという話もありましたが、丹波どのはどの同心も可愛がっていますし」

「そうなんだよ」

「しかも、おちさという女も、やり手ですが、けっして評判は悪くないですしね」

と、洋二郎は言った。それは、手代や下働きの者、あるいは取引先に訊いてもそうなのだ。

「青洲屋よりひどい商人はいくらもいるよ」

「突っ込まずにおきますか？」

「そうはいくか」

宋右衛門はムッとして言った。

「では？」

「直接、訊くしかあるまい」

と、宋右衛門は言った。

「丹波どのに？」

「ああ。丹波どのと、右京にも。こそこそ探るより、それが手っ取り早い」

「ううむ。それは……」

手っ取り早いかもしれないが、しかしそれは、だいぶ危険ではないか。

二

奉行所の帰りに、柳瀬宋右衛門は、丹波美濃助の家を訪ねた。娘婿の実家に挨拶に顔を出したので、なにもおかしなことではない。

柳瀬の役宅は、茅場《かやば》町寄りのところにあって土地はおよそ三百坪。丹波の役宅は八丁堀でも反対のほうで、伊勢《いせ》桑名《くわな》藩邸の裏あたりにあり、土地も四百坪ほどあった。だが、いくらか広いにせよ、お互い奉行所の与力なのだから、門構えから屋敷の大きさまで、そう違いはない。

門の前まで洋二郎もいっしょだったが、小者といっしょに控えさせた。

宋右衛門は客間に通され、妻女にも通りいっぺんの挨拶をし、

「若葉は長女のわりにおっとりしたところがあるので、右京どのにじれったい思いをさせているのではないかと心配でして」

「とんでもない。それより、右京は若葉さんにやさしくできているのか、そのほうが心配です。わたしが仕事ばかりしてきた人間なので、わが家の子どもたちは家族に情愛を傾けるやり方を、よくわからないかもしれない」

「そんな」

「いいえ、子どもには口で言ったきれいごとなど伝わらないというのは、つくづく思います。しょせん、背中を見て育ち、それは終生抜きがたいものとなってしまいます」

「そうですか」

「怖いものですよ」

「……」

丹波の口ぶりが寂しげなことが、宋右衛門は気になった。

「ところで、丹波どのは、つぶれた青洲屋の女将《おかみ》をご存じなので？」

「それはいろんな機会に挨拶はしたことがありますが、なぜ？」

「去年から起きたいくつかのことを探っていますと、下手人《げしゅにん》の向こうに青洲屋の女将の影がちらちらしているようなのです」

「そのようですな。だいいち、早苗さんが襲われたのも青洲屋の別宅でした」

「ええ。ただ、そのおちさのわきに、もう一人、男の影がちらついているのです」

「……」

宋右衛門には息がつまるような沈黙である。

「もしかして、それがわしだと?」

丹波美濃助は静かな口調で訊いた。

「じつは若葉が、右京どのがいざというときに持っていた小判というのをお借りしていて、それを見る機会がありました」

「小判?」

「これです」

と、宋右衛門は洋二郎から預かった小判を見せ、

「正面から見るとわかりにくいが、斜めから見ると、本来ある刻印とは別の刻印が、文字のあいだにありますでしょう」

「○に木の字の？」

「それです」

「これは？」

「十六年前、浜町に近い旗本、木戸家の良三郎という子がかどわかしに遭い、五百両という身代金を略奪されました。その五百両を渡す際、木戸家では小判の一つずつに、目立たぬよう小さな刻印を打っていたのです」

「これがそうだと？」

「おそらく。しかも、このかどわかしの件、これは当家の娘と、隣家の伊岡夏之助という子どもが謎に迫ったのですが、大奥の代参を利用された疑いがあります。その代参にまだ大奥勤めをしていた青洲屋のおちさもいたらしいと」

「ほう」

「どれもこれも、まだぼんやりした結びつきです。だが、ひとつずつはっきりさせていきたいと動いているところです。この小判は有力な手がかりとなるかもしれません。むろん小判など天下の回りもの。これが右京どののところから出てきても、不思議はないが、おそらく右京どのも長いこと使ってはいなかったはず」

「でしょうな」

「この件、右京どのに問い質《ただ》してもよろしいでしょうか?」

宋右衛門は、丹波美濃助を正面から見て訊いた。

「もちろん、かまいません」

「つまらぬ嫌疑だと思います。だいいち、丹波どのと青洲屋がつながるとしたら、金がらみのこと。だが、丹波どのが金の汚れなどにはまったく無縁なことは、よく存じ上げております」

「そう見えますかな?」

「ええ」

「だが、わしはずっと力が欲しかった」

「力ですか?」

「男ならわかっていただけるはず。自分の力がどこまでのものかを試したい、あるいは自分の意を妨げられたくない、そういう気持ちを」

「それはもちろんわかります。が、しょせんわれらは町方の与力。奉行にはなれぬし、大勢の同僚もいる。そう大きな力など、持ちようがないのでは?」

と、宋右衛門はのんびりした口ぶりで言った。

「奉行など、よほど能力がなければただの飾り。われら与力が助けなければ、なにもできませんよ。たしかに、南北に二十五騎ずつの与力がいる。だが、そのなかで筆頭与力といわれる存在になれば、意外に大きな力を持ちうるのではないでしょうか」

「筆頭与力……」

すでに丹波はそうした地位にある。

「それで、南北の筆頭与力が互いに力を合わせるなら、奉行よりも大きな力になると思いませんか？」

丹波はそう言って、微笑んだ。

宋右衛門はすこし背中がぞくりとした。

「そのようなこと、いままで思ってもみませんでした」

「くだらぬ話ですが、また、戦国の世でも来てくれたらと思うこともあります」

「あっはっは。あまり思い詰めると、大坂の大塩平八郎《おおしおへいはちろう》のようなことになってしまいますぞ」

「いいですな。わしは大塩を尊敬しているくらいです」

「そうですか」

じつは江戸の奉行所にも、内心、大塩に賛同した与力同心も少なからずいるとは、宋右衛門も聞いたことがあった。

だが、大塩とこの丹波は、やはりなにか違う気がする。

「それはともかく、小判のこと。右京には存分にお訊ねください」

「わかりました」

丹波家の内儀に夕飯を勧められたが、宋右衛門は早々に丹波家をあとにした。

三

今朝はだいぶ暖かい。

八丁堀の家々の庭先にある梅のつぼみが、ほころびはじめていた。

夏之助は、自分でも爺《じじ》むさいと思うのだが、花が咲いたりすると、ひどく嬉しい気持ちになってしまう。たぶん、歳を取ったりすると、発句《ほっく》なんかひねるようになるのではないか。

道場の床板も、今朝はぴたっと足をつけても、それほど冷たくない。

今日は二つ歳が上の、けっこう強い先輩に挑んでみようという気持ちで、早めに出てきたのだ。

胴をつけ、面をかぶろうとしたとき、

「うわっ」

「なんだ、これは」

「誰がこんなことを」

夏之助よりすこし遅れて入って来た正木たちが、押し殺した声で言うのが聞こえた。

ちらりと見ると、袋から取り出した三人の防具に、なにか異変があったらしい。

「おれは、家から中ノ橋までまっすぐ向かったんだ。どこにも立ち寄ったりはしていないぞ」

「おれだってそうだ」

「おれもだよ」

「昨日はこんなことなかったよな？」

「ないよ。あったら袋に入れるとき気づくよ」

「じゃあ、なんだよ」

三人は強張《こわば》ったような顔でそんなことを言い合っている。

「悪戯《いたずら》か？」

江藤――というか、児玉が夏之助を見た。

「いや、あいつは昨日、来てなかった」

「おれも会ってないよ」

夏之助はなんのことかわからないので黙って面をつけた。

と、そこへ。

師範代がやって来て、

「おい、お前ら三人宛てにこれが届いていた」

と、田崎雄三郎《たざきゆうざぶろう》に書状を手渡した。

「はあ」

「なんだ、青い顔してるぞ」

「いえ、なんでも」

師範代が遠ざかると、三人は書状を開けて見せ合った。

「おい、勘弁してくれよ」

「文字はこいつのしわざか」

「なんなんだよ、いったい？」

ひどく動揺しているらしい。

夏之助も興味を持ったが、あの三人に訊く気はしない。

支度を終えて立ち上がると、

「先生。おれたち昨日、買い食いしたおでんが腐ってたみたいで、今日は稽古を休ませてもらえませんか？」

正木の声が聞こえた。


正木たちは、本当に早く帰って行った。

夏之助は、あの三人と当たらないので、気楽な気分でお目当ての先輩も入れて四人と稽古をし、たっぷり汗を流した。

道場を出たところで、早苗と会った。

待ち合わせをしていたわけではない。今日はたまたまである。

自然と肩を並べ、歩き出す。

「なんか、正木たちの防具に悪戯されてたみたいなんだ」

「防具に？」

夏之助はすぐにそう言った。

「あるいは、袋の中になにか入ってたか」

だが、急いで取り出して捨てるというふうではなかった。ほかの者に見られたくないので、そっと蓋《ふた》をするというふうだった。

「いい気味じゃない。あの人たち、ほかの子にも意地悪ばっかりしてるから、たまにはやられたほうがいいんだよ」

「そうなんだけど、なにをあんなに怖がっていたのかと思って」

「怖がってた？」

「そう。怒るより、すっかり怯《おび》えていたみたいだった」

「あいつらが怖がるのってなんだろうね？」

「うん、なんだろうな」

面白いので考えてみることにした。

ふだん偉そうにしているやつにかぎって、けっこうくだらないものを怖がったりする。

「虫かな？」

と、夏之助は言った。

「ゴキカブリ？」

「うん。あとはムカデとか」

「それが袋にいっぱい入ってたら怖いよね」

早苗は嬉しそうに言った。

「ヘビは？」

「でも、いまはヘビも冬眠中だよ」

「そうか」

「あとはなにがいるかな」

早苗が首をひねったとき、

「あ」

夏之助が足を止めた。

湊稲荷のところで、その三人が待っていたのだ。

「おい、伊岡。ちょっと来てくれ」

正木が近づいて来た。

「……」

もちろん、この連中とは関わりたくない。

だが、いつもと雰囲気が違う。敵意のようなものは窺えないのだ。

「なんの用？」

と、夏之助は訊いた。

「お前は謎を解くのが得意なんだろ?」

「誰がそんなことを?」

「八丁堀じゃ評判だと聞いたぜ」

正木の家はたしか無役《むやく》の小普請《こぶしん》組だから、児玉からでも聞いたのだろう。

「それで?」

「おれたちの謎を解いてくれよ」

境内を指差した。

児玉と田崎が本殿の階段のわきに座っていて、その前に胴が三つ、並べてあった。

「なにがあったんだ?」

「まずは見てくれ」

仕方なく、正木のあとから本殿のほうに近づいた。早苗もついて来る。「帰れ」と目で合図したが、ぷんとよそのほうを向いた。

「ほら、字が浮かんでいるだろ?」

正木は明るいところに並べた三つの胴を指差した。

「ほんとだ」

それは防具の胴の正面、黒いところに、白く浮かび上がっていた。

「死ね」

「呪う」

「祟《たた》る」

くっきりというほどではないが、ちゃんと読める。

「どうしたんだ、これ？」

と、夏之助は正木に訊いた。正木は背が高いので、見上げるようになってしまう。

「わからねえよ。さっき、道場でつけようと思ったら、これが書いてあったんだ」

「誰かの悪戯だろう？　隙《すき》を見て書いたんじゃないのか？」

「馬鹿言え。三人とも別々に家を出て、道場に着くまで、誰とも会ってないんだぞ。家でも開けてないし」

「昨日、稽古を終えたときは？　三人でしゃべってる隙に書かれて、それを気がつかないで袋に仕舞《しま》ったんだよ」

「いや、そんなことないよな？」

と、正木は田崎に訊いた。

「ないよ。こんなもの書いてあったら、仕舞うときに気がつかないわけないし、それに置きっぱなしでしゃべったりなんかしてねえよな」

「ああ。それで、まっすぐ家に帰っただけだ。いつ、悪戯なんかやれたんだよ」

児玉がそう言った。

「そうなのか」

夏之助も背筋が寒くなってきた。

正直、こういう謎はあまり好きではない。物の怪の匂いがする謎である。

世の中にはそうした不思議が好きな人は多く、怪談話を集めた書物もいっぱいある。父親の書架には『耳袋《みみぶくろ》』があったし、学問所の友だちからは『怪談老の杖』と『北国奇談』という書物を、「これ、怖いぞぉ」と、勧められたこともある。だが、どれも、手に取る気にはなれなかった。

ああいうのは、たいがい夜の謎である。闇のなかに化け物の影がちらちらする。

夏之助の好きな謎は、身の周りにあるちょっとした謎である。昼間も見える謎で、あまり化け物の気配はない。

だが、「呪う」だの「祟る」なんてのは、化け物の気配がする。

早苗も同じ気持ちらしく、小さな声で、

「なんだか、やだなぁ」

と言ったのが聞こえた。

「それで、さっき師範代からおれたち宛てにと届けられた書状がこれだ」

と、正木は紙を広げた。

それには、こう書かれてあった。


いつまでも三人でつるんでいると、こういう目に遭《あ》うからな。


朱文字で崩れたような筆致で書かれていた。文字そのものが化け物のようである。

「なに、これ。怖ぁーい」

早苗が後ろからのぞき込み、震える声で言った。

「おいらだって怖いよ」

「おい、お前ら、あんまり怖がるな。おれたちだって気味が悪いんだ」

と、児玉が言った。

児玉だけでなく、正木や田崎も顔をひきつらせている。

「頼む、伊岡。この謎を解き明かしてくれ」

「そ、それは無理だよ」

「なんで？」

「おいらだって、呪われたり、祟られたりするのは嫌だから」

夏之助はいきなり振り向いて逃げ出した。

早苗もすぐあとを追う。

「呪いだ！　祟りだ！　殺される！」

夏之助が駆けながら叫んだ。

「こら、伊岡。逃げるな。止まれ！」

そういう正木の声もすっかり震えているのがわかった。

四

「あっはっは。面白かった」

連中が来ないような道に逃げ込み、二人で腹を抱えた。

「早苗、正木の顔を見た？」

「うん。見た。泣きそうだったよ」

「あいつらもあんなに怖がるんだ」

「あたしも怖かったよ」

「おいらも、ほら」

腕をまくると、鳥肌が立っていた。

「夏之助さんも怖かったの？」

「そりゃ、怖いよ」

咄嗟に三人を怖がらせるため逃げ出したが、夏之助自身も怖くなったのは事実である。あんなことには関わりたくない。

「あれやったの、夏之助さんかと思った」

「違うよ」

「じゃあ、誰が？」

「わかるわけないだろ」

「ほんとのお化けのしわざ？」

「そんなわけはないと思う」

「悪戯？」

「そうだよ」

「でも、三人の家に忍び込める？」

「それはわからない。でも、あいつらの中に下手人がいたら、一人は忍び込まなくてもいいよな」

「あの三人の中に？」

「まだ、わかんないよ。でも、そう考えると、いちばんかんたんだと思わないか？」

「ほんとだね」

路地での立ち話も変なので、夏之助と早苗は霊岸島の中ほどにある越前堀の河岸にやって来た。小さな堀割だが、向こう側は越前福井藩の藩邸になっていて、石垣や常緑樹で庭園の中にいるような気分になれる。

夏之助は、河岸に自分の防具を出して考え込んだ。

「どうやれば、触らないで、文字を浮かび上がらせることができるのかな」

「触らないの？」

「だって、家の中に持ち込まれてしまったら、触るのは難しいだろ？」

「そうだよね」

「書いたのかな？」

「書かなくて、どうやって文字が出てくるの？」

「それを考えるんだよ」

「あ」

早苗の目が大きくなった。なにか浮かんだらしい。

「なに？」

「ハンコみたいなものかな？　ぺたっ、ぺたっと押すだけなら、かんたんだよ」

「ハンコかあ」

「それで、昨日、あいつらが道場に来て、胴とかわきに置いてしゃべったりしている隙に、誰かがぺたっ、ぺたっと押しておいたんだよ」

「それでも胴を袋にしまうとき、誰かは気がつくよ。三人いて、胴の文字に誰も気づかないなんてこと、あり得るか？」

「うん。ないよね。気づくよね」

早苗は素直に認めた。

「ああ、腹が減った。腹が減ると、いい考えが浮かばないんだよなあ」

「じゃあ、あたし、家に帰っておむすびつくって来るよ」

「いいよ」

「どうして？」

「お前ん家の飯を減らしたらまずいよ」

「平気だよ。うちはいつも、食べるかどうかわからない洋二郎叔父さんのために、多めに炊《た》くんだよ。でも、ここんとこ、いつも出かけてるから、ご飯が余って干《ほ》し飯《いい》ばかり増えてしまうって言ってたから」

「じゃあ、その干し飯のほうをもらうよ」

「そんなの、お湯を持って来なくちゃならないから、かえって面倒だよ。洋二郎叔父さんからご馳走《ちそう》してもらうと思えばいいの」

早苗はそう言って、駆け出した。

五

早苗が台所でおむすびを二つつくり、越前堀の河岸まで引き返そうとしたとき、

「小判を持ち出したことを怒ってるの？」

と、紅葉の声がした。

裏から入った早苗だったが、母が出かけているので表に回ろうとして、つい足を止めた。

「そうじゃないの」

答えた若葉の声は沈んでいる。

紅葉の部屋に、若葉が愚痴でも言いに来ていたらしい。

「昨夜、父上が右京さまと話をしたでしょ」

と、若葉が言った。

「ああ。してたみたいね」

「そのとき、小判のことを訊かれたんだけど、なぜ、そんなことを訊くのか、訊いても父上は教えてくれなかったんだって」

「ふうん」

「小判は、右京さまの元服《げんぷく》のときに、大人になるといざというときに持っているお金が必要だというので、もらったんだそうだよ」

「元服のときって？」

「七年前のことだったって」

「ずいぶん早い元服だったんだね。きっと、ませてたんだろうな。男って、ませてるのは、そのあと、あんまり伸びないんだよね」

紅葉は関係ないことを言った。

「それで、この家は、なにか、わたしに隠しごとがあるんじゃないかって」

「怒ったんだ？」

「すごく怒った」

「叩いたりした？」

「それはしなかったけど」

「だったら、怒らしておけばいいじゃない。叩かれたりしたら、わたしは許さないけどね」

いかにも紅葉らしい忠告である。

「でも」

「だいたい父上だって、遠慮して言わないでおいたんだよ。あの小判は、父上が襲われた理由を明らかにするかもしれないんだって」

「え？　ほんとなの？」

「洋二郎叔父さんは、そう言ってたけど」

「どういうこと？」

二人の話は途切れた。若葉がことの重大さに愕然《がくぜん》となったのだろう。

通り過ぎようとして、

「あ、早苗？」

見つかってしまった。

「ねえ、あの小判は、なにかの手がかりなんだよね？」

紅葉が訊いた。

「そうだよ。十六年前の木戸家のかどわかしの件が、明らかにされるかもしれないんだよ」

「ねえ、それがどうして、右京さまのところにあるの？」

若葉はひどく深刻な表情になって訊いた。

「わかんないよ」

早苗は答えようがない。


「ごめん、待たせちゃって」

「いや、平気だよ」

と言いながら、夏之助は早苗が持って来たおむすびにかぶりついた。

「若葉姉さん、悩んでいたみたいだった」

「なんで？」

「そういえば、昨日のこと、話してなかったね。昨日、若葉姉さんの部屋から、木戸さまの身代金になったらしい小判が出てきたの」

「へえ。刻印を打ったってやつ？」

「そう。それで、若葉姉さんは悩んでるの」

「ふうん」

「なんで右京さんのところから出たんだろう？」

「右京さんの父上が、かどわかしの下手人だったんだろ」

夏之助は軽い調子で言った。

小判は使われ出したら、世の中をぐるぐる回るものだから、出どころを探るのは難しいだろう。

だが、大事に持っていたりすれば、長いこと使われず、眠っている。

しかも、木戸家のかどわかしに始まるいろんなことが、南町奉行所の周辺で起きている。だったら、与力の丹波美濃助が下手人だというのは、誰だって考えることではないか。

「そんな」

「なにが、そんなだよ」

「だって、町方の与力が……もし、そうだってわかれば、大変なことになるよ」

「大変でも、なんでも、しょうがないだろ」

本当にそれはしょうがないのではないか。悪いことをしたら、町方の与力だろうが、もっと偉い人だろうが、捕まって裁きを受ける。そうできない世の中のほうが、大変な気がする。

「そうだよね」

と、早苗はうなずいたが、

「でも、若葉姉さんは可哀そう」

「うん。それは可哀そうだけど」

だが、若葉はまだ若いし、いや若葉に限らず、また元気を出せば、どうにかなっていくような気がする。

「そんなことより、胴の謎を解かなくちゃならない」

夏之助は、おむすびを食べ終え、防具の胴をぴしゃりと叩いて言った。

「うん、解いて」

「お前がいないとき、道場のつくりを思い出していた」

「つくり？」

「いつもあの三人がたむろするところって、床のところにも窓が開いているんだ」

夏之助は落ちていた木の枝で、地面に下手な絵を描いてみせた。もっとも、絵といったって、窓を描いただけなので、四角いかたちをなぞったに過ぎない。

「そうなの」

「枠がはまってるから、中の防具を引っ張り出すのは無理だけど、書いたり、ハンコを押したりすることはできると思う」

「へえ。でも、寒いときは閉めないの？」

「そこは、陽の当たるほうになってるから、開けたほうが暖かいんだ。だから、あいつらはいつもそこに座るんだよ」

「なるほどね」

「表の通りとは接してないけど、道場の裏にはかんたんに回ることができる」

「ああ、そうだね」

「誰かが、昨日、稽古のとき忍び込み、三人の胴に字を書いた」

「でも、昨日、仕舞うときはなかったって」

「うん。だから、炙《あぶ》り出しみたいなものかなって思ったんだ」

「炙り出し！」

「そう。そうしたら、もっと前の日から仕掛けておき、あいつらが出したらああなっていたってことかも」

「そんなもの、あるの？」

「おいらは知らない」

「知らないものを持ち出されても難しいよね」

夏之助は堀の水をじっと眺めたが、

「待てよ。あいつらの防具を入れる袋ってずいぶん汚れていたよな？」

「うん。埃《ほこり》だらけだったね」

「あ」

夏之助はぱしっと膝を叩いた。

「なにか、わかった？」

「あいつらって、防具の袋をやたらと振り回してみたり、かついだままふざけ合ったりするんだよ」

「うん。してるね。見たことあるよ」

「そうすると、袋の中も埃が立つよな」

「そりゃあ立つでしょうね」

「それだ」

「なにがそれなの？」

夏之助は河岸の下のほうに行き、冬枯れもせず残っていた小さな緑の草をむしってきた。

「どうするの？」

「まあ、見てろって」

夏之助は草を手で揉《も》み、汁を出すと、それで胴のところに十文字を描いた。

そして、地面の砂を上からさらさらとかけると、十文字のところにだけ砂埃がつき、はっきり浮かび上がった。

「これだね」

早苗が嬉しそうに言った。

「ああ。もっとべたべたする汁ってあるよな？」

「そりゃあ、あるよ。山芋の汁とか、昆布もぬるぬるだよ」

「うん。そういうので、字を書いておく。もしかしたら、ハンコも使ったかもしれないな。あれ、ハンコっぽい字だったから」

「ハンコなんて、さつま芋を使ったって、かんたんにできるからね」

「それで、埃がいっぱい立つように、おいらだったら、袋に粉でも入れておくな」

「うん。それだと、振り回さなくても、走るくらいで埃がくっついちゃうよ」

「よし」

夏之助は満足して立ち上がって、

「ここまでわかったら、やったやつもわかってきた！」

六

夏之助と早苗がやって来たのは、八丁堀の牛添菊馬の家である。

「菊馬、いるか？」

生垣の外から声をかけた。牛添には弟もいるから、名前を呼ばないとごっちゃになるのだ。

少しして、

「ああ」

と、気合いの入らない声がして、牛添が現われた。

「外に出られるか？」

人で入った。

新場橋《しんば》のほうに向かうと、ちょっと広めの境内がある稲荷神社がある。そこに三

「もう、道場は辞めるのか?」

「ああ。昨日、師匠に話してきたよ」

「そうなのか」

「次、どこに行くか、決まったの?」

と、早苗が訊いた。

「松川《まつかわ》町に無双《むそう》流って道場があるんだ。そこに通うことにした」

「あ、おいら、知ってる。そこって手裏剣《しゅりけん》教えるところだろ?」

「うん。おれ、ああいう武器のほうが自分に合ってる気がするよ。小さくて、離れたところで戦えるんだぞ」

牛添は情けなさそうに言った。

「そうだな」

夏之助はうなずいた。もしかしたら、自分もそういう武器のほうが合うかもしれない。

だが、手裏剣で武者修行というのは、なんか違う気がする。

「今朝、正木たちが凄く怖がってたんだ」

「ふうん」

牛添は気が乗らなそうに言った。

「その話、聞きたくない？」

「いや、なに？」

「あいつらの胴に、気味の悪い文字が浮かび上がっていたんだ」

「なんて？」

「殺す。真っ二つ。血まみれ」

「え？」

一瞬、牛添はきょとんとなった。

ほんとは、「死ね」「呪う」「祟る」である。きょとんとしたということは、牛添のしわざに違いないのだ。

「だから、殺す。真っ二つ。血まみれって、書いてあったんだ」

「へえ」

「それで、あいつらは恐ろしさのあまり、気絶したんだ」

夏之助がそう言うと、後ろで早苗が「ぷっ」と噴いた。

「ほんとに気絶したのか？」

「それで、師範代たちまで騒ぎ出して、これは誰かの悪戯に違いない。なんとしても捜し出し、斬《き》り捨ててやるって」

「斬り捨てるだって！」

牛添は泣きそうな顔になった。

「嘘に決まってるだろう。おい、やったのはお前だよな？」

「え？」

「おいらは謎を解いたぞ」

「嘘だろう」

「なんか、べたべたするやつで、昨日、床の窓のところからあいつらの胴に字を書いたんだ。そのときはよく見えなかったけど、袋の中の埃とか粉とかがくっついて、文字が浮かび上がった」

「……」

「やったのは、お前だ」

と、大げさに牛添を指差した。

「よく、わかったな」

牛添はかんたんに白状した。

「わかったよ。一度、お前とあいつらの袋の埃が凄いって話をしたことがあったから」

「うん。おれもあれを思い出したんだ。昨日、師匠に断わりに行く前に、なんか最後に復讐《ふくしゅう》してやりたくなったんだ」

「まあ、気持ちはわかるよ」

「ねえねえ、牛添さん。ハンコ使った？」

と、早苗が訊いた。

「ああ。山芋で芋版をつくったんだ」

「当たったね」

早苗はぐいっとこぶしを握るようにして喜んだ。

「あいつら、ぜんぜん驚いてなかったのか？」

「いや、驚いてた。怖がってた」

「ほんとだよ」

と、早苗も言った。

「それで、このことをあいつらに言うのか？」

牛添は怯えた顔で訊いた。

「言うわけないだろ。おいらは知らんぷりだ」

「よかったあ」

「でも、逃げっぱなしじゃなかったじゃないか」

「ああ」

牛添は胸を張った。

なんともささやかな仕返しだけど、牛添は成功したのだ。夏之助は、悪戯程度の復讐でも、復讐に違いないと思った。

七

牛添と別れると、夏之助と早苗は、日本橋につづく大通りのほうに出た。

「どこ行くの、夏之助さん？」

「つぶれた青洲屋」

「なんで？」

「なんとなく」

本当に自分でもわからない。

だが、たぶん自分たちの命まで奪おうとした青洲屋のおちさはいなくなり、そのあとどうなったかはわからないままである。

それはちょっと悔しい気がする。

せめて、いま、どうなっているかくらいは確かめたい。それくらいの気持ちである。

南伝馬町三丁目。京橋のすぐ手前である。

青洲屋の戸は閉じられ、貼り紙はまだそのまま貼られている。

店の横には奉行所の小者が立っている。なかで、町方の同心たちが、書類などを調べているのかもしれない。

夏之助と早苗は、道の反対側から青洲屋の看板を見た。

「ねえ、夏之助さん」

「なに？」

「お金って欲しい？」

「お金？　わかんないよ」

「どうしてわかんないの？」

「たいした金、持ったことないからな」

本当にそうなのだ。いつも与えられるものしか持ったことがないし、なにか欲しいものも特にはないような気がする。だから、お金の魅力やありがたみといったことが、ぴんと来ないのだ。

「そうか。うちの中じゃ、洋二郎叔父さんは無駄遣いとかするから、お金もいっぱい欲しがってると思う」

「そうだな」

「紅葉姉さんもそうだけど、洋二郎叔父さんと違って、紅葉姉さんはなにもしなくても、お金がどんどん入って来そうな気がする」

「ああ、そうだな」

「若葉姉さんは、母上といっしょで、給米分をうまくやりくりして、堅実に生きていくんだと思う」

「うん」

「問題はわたし」

「問題なの？」

「なんだか、凄く貧乏になる気がするんだ」

「へえ」

「へえじゃないよ」

「なんで？」

「だって、夏之助さん。あたしを嫁にもらわなくちゃならないんだよ」

「え、そうなの？」

「嫌なの？」

「嫌ってわけじゃないけど」

「だったら、もらうことになるよ」

「わかったよ」

あまり実感はないが、だが、すでに嫁のような気がしないでもない。

「それで、あたしが凄く貧乏ってことは、夏之助さんが貧乏だってことになるよ」

「ああ」

「いいの？」

早苗は不安げに訊いた。

そのとき、

「あら？」

後ろの道から来た女が、驚いたような声を上げた。

歳は四十とか、五十とか、それくらいだろうか。おそらく武家の夫人で、派手ではないが、裕福そうな着物姿である。

「え、なに？　青洲屋、つぶれちゃったの？　嘘でしょ？」

そう言ってこっちを見たので、

「ええ。つぶれたんですよ」

と、夏之助は答えた。

「まさか、おちさちゃん、亡くなった？」

女はそう言って、顔を両手でおおった。

「大丈夫ですよ」

夏之助は思わず声をかけた。

「え？」

「亡くなってはいません。おそらく」

「どういうこと？」

「重い病ではあるんですが、亡くなってはいないと思います。おいらたちは、ふた月近く前に会ったきりですが」

「そうなの」

女は目を見開いた。

「お知り合いですか?」

早苗が訊いた。

「昔、同じところで働いていたの」

「大奥?」

「まあ、あなたたち、おちさちゃんのこと、よく知ってるの?」

「よくってほどじゃないけど」

早苗は夏之助を見て微笑んだ。

「大奥を出てから商いを始めて成功したとは聞いていたの。でも、なかなか来られなくてね。やっと江戸に出て来ることがあったので、訪ねて来たんだけど」

「つぶれたのはちょっと前のことです。それまでは、こんな大きな店で繁盛していたんです」

「越前屋さんに負けないくらいじゃないの」

と、女は言った。

「そうですね」

「まさか、越前屋さんにつぶされた？」

「どうしてですか？」

「越前屋さんをつぶすんだって、昔、息まいてたことがあったから」

「そうですか」

「なんか、嫌な思いをしたことがあったみたいよ、若いときに。それが悔しくて、越前屋をいつかつぶすんだって。あたしはそんなことできっこないじゃないって笑ってたけど、もしかしてそれができそうなところまで近づいていたのかしらね」

「そうかもしれません」

早苗はうなずいた。

「おちさちゃん、幼なじみとはいっしょになれたのかしら」

「幼なじみ？」

「そう。ほんとに大好きな人がいたんですって」

「へえ」

「それで別れさせられて大奥に来たから、ずっと恋しがっていたの。その人のことを」

「そうだったんですか？」

「なんて人ですか？」

わきから夏之助が訊いた。

「名前は忘れちゃったわよ。でも、町方の与力の家に養子に入ることになったんだってよ。それで、大奥にいるあいだ、うまく文《ふみ》のやりとりができたって喜んでいたの。その人はいま、近くにいるとは聞いていたんだけど」

「丹波美濃助さま？」

「あ、そう、そう。国の名前が二つ入るって言ってたの、覚えてるわ。丹波と美濃ね」

「あ、そうですね」

「お店つぶれて、おちさちゃん、どこかで療養してるのかしら？」

「そうだと思います。皆、探してるけど、わからないみたいですよ」

「まあ、そう」

早苗が言った。

女は諦めて、帰るらしい。楽しみに来たので、すっかり気を落としていた。

「あのう？」

早苗が言った。

「なに？」

「おちささんて、どういう人でした？」

「そりゃあいい子だったわよ。すごく一途《いちず》で、頭もよかったし、やさしい気持ちの持ち主だったわよ。だから、商いなんかやれるのかって心配したんだけど……」

女は歩き出したが、ふと、足を止めて、

「たぶん、あなたたち、みたいだったんだろうね」

と、言った。

「え？」

「幼いときから、あなたたちみたいに、仲がよかったんだろうね」

第四章　鳥居を縛る女

幼なじみというのは、不思議なものである。

人の記憶というのは、ずっと最初のころはぼんやりした霧のなかに沈んでいて、それがぽつりぽつりと断片のように現われ出し、やがてつながりを持った記憶になっていく。

幼なじみの相手は、そのぼんやりした霧のなかにも、すでに存在しているのだ。

家族のようなものかもしれない。

だが、幼なじみの関係は、ある日突然変わったりする。

家族のようなものが、急に異性へと変貌《へんぼう》する。家族では、これはありえない。

わたしはいつ、それがあっただろうか。

十六？　いや、十七？

もしかして、十五のときにはもう、二人の関係は変わっていたのかもしれない。

二人ともそれに気づいてはいたが、わざと、前の季節のなかにいるふりをしていたのかもしれない。

丹波美濃助とおちさが幼なじみ同士だったと知り、しかも、かつて越前屋に対する恨みのようなものを、ずっと後年まで持ちつづけたと聞いても、わたしはなんら不思議ではなかった。

それはたぶん、じっさいの越前屋に対する恨みとは違うものなのである。

ただ、それが二人の人生の始まりのころにあったものだから、それを捨てることができないのではないか。わたしと早苗が、

「お前たちはその余計な好奇心を捨ててしまえ」

と言われても、たぶん捨てようはなかっただろう。

そして、おそらく丹波美濃助の人生も、おちさの人生も、他人が傍《はた》から見るほど幸せなものではなかったのだろう。奉行所の与力として力をふるった人生も、一代で大店を築き上げた女あるじとしての人生も、夢見たものとはずいぶん違ったものだったのではないだろうか。

だから、なおさら二人が子どものときにかわした約束は、いつまでも力を持ちつ

づけたのではないか。

わたしには、その約束を、大人の目であざ笑うことはできない。

十五の春の季節で、一つ忘れていたことをわたしは思い出した。

あの春は、ひときわ風が強かったのだ。

春の嵐とでもいうような強風が何度となく吹いて、わたしと早苗は、いまの子どもたちよりずっと薄着で、春先の八丁堀を駆けまわっていた。

あの川べりで、わたしが丹波右京と戦う羽目になった日も、大川端を強い風が吹いていたものだった。

一

「幼なじみ？　丹波美濃助どのとおちさが？」

早苗が言うのに洋二郎が目を瞠《みは》った。

柳瀬の家の前でちょうど洋二郎と出会ったのだ。

その洋二郎の後ろには、いつものびっくりしたような化粧をしたぽん太がいた。

「そうだったんだって」

「誰に訊いた？」

「つぶれた青洲屋におちささんを訪ねて来た人。大奥でいっしょに働いていたんだって」

「そうか」

「それで、若いときに越前屋で嫌な思いをしたことがあって、いつかつぶしてやるって息まいていたんだそうよ」

「へえ」

そこへ、わきから夏之助が言った。

「大奥にいるとき、丹波美濃助さんと文のやりとりもあったみたいです」

「なるほどなあ」

「文のやりとりでかどわかしの相談とかもしたのかしら？」

早苗が訊いた。

「いや、大奥の文はたぶん中身を確かめられるはずだ。そんな相談などできるわけがない」

「だったら？」

「文で大奥代参のことにちらりと触れたりすれば、頭のいい丹波さまのことだ。そこを訪ね、次の予定を訊いたりもできる。そうやって、待ち伏せをしたり、いろんなことをして、二人は直接会う機会をつくっていったんだろうな」

それは若い二人にとって、つらいばかりでなく、ハラハラするような面白い境遇でもあったのではないか。

「そして十六年前に、身代金を得るのに成功し、まもなくおちささんは大奥を出て、商いを始めたんだね」

「ああ」

大奥というのは、旗本の奥女中などと違い、もう外へは出られないし、大奥に骨を埋めるという人が大半だと、洋二郎は聞いていた。ただ、下級女中などの場合は、親の看病や病気などを名目に召し放つことがあるらしい。おちさも、早苗が話したという女も、そういう事情だったのではないか。

「ところで、ぽん太さんはどうしたの？」

早苗がぽん太を見ると、ぽん太は恥ずかしそうに目をぱちぱちさせた。

「ああ、ちょっと姉さんに会わせておこうと思って」

「会わせる？」

「こいつを嫁にしたいので、よろしくって」

「まあ」

早苗は小躍りして喜んだ。

「あたしはね、芸者の姿で会うのはやだって言ったのよ。そしたら洋二郎さんは、最初に度肝を抜いて、それからあとで意外にしっかりした娘なんだと思わせたほうがいいって言うの」

ぽん太は洋二郎を見ながら言った。

「早苗ちゃんもそう思わないか？　最初に田舎っぽい姿で会わせておいて、あとからこの恰好でいるところを見せてみな。ぜったいに化け物を摑《つか》んだと思われるから」

「化け物はひどいよね、早苗ちゃん」

「うん。それは言い過ぎだけど、洋二郎叔父さんの今度の策は、めずらしくいいかもしれないよ」

と、早苗は言った。

「だろう。それで、早苗ちゃん、ぽん太を姉さんに紹介してやってくれ」

「あたしが？」

早苗は素《す》っ頓狂《とんきょう》な声を上げた。

「だって、そんな大事な話、一刻も早く兄貴に伝えなくちゃ。いまから奉行所に行って来る。頼んだぜ」

洋二郎はそう言って、走って行った。

二

「早苗ちゃん、あたし、駄目。緊張して倒れそう」

玄関に入ろうとする早苗の後ろでぽん太が言った。

「大丈夫だよ」

「なんて挨拶すればいい？」

「いつもお座敷でしているようにだよ」

「いつもだと、あーら、旦那、おひさしぶり、だよ」

「初めてでも？」

「そういうときは、向こうが、あんたとは初めてだよって言うから」

「そこから挨拶するんでしょ」

「ううん。しない。じゃあ、これから三日に一回は呼んでねって。堅苦しい挨拶なんかしないわよ」

「じゃあ、それでいいよ、ぽん太さん」

早苗はぽん太を引っ張り上げながら、

「母上。ほら、ぽん太さんが来た」

と、大きな声で言った。

「おや、まあ。噂のぽん太さん」

芳野が姿を見せると、慌てて板の間に手をついて、

「お初にお目にかかります。日本橋で芸者をしておりますぽん太こと、潮音《しおね》と申します」

「潮音？」

ちゃんとまともな挨拶をした。

早苗は目を瞠った。ほんとの名前のほうがずっと素敵である。

「洋二郎さんからいろいろうかがってますよ、ぽん太さんのことは」

「どんな話ですか？」

「上州《じょうしゅう》屋の若旦那を三味線《しゃみせん》で殴ったって話も」

「いやだぁ、洋二郎さんたら」

「若松《わかまつ》屋の旦那は川に突き落としたんでしょ？」

「そんなことまで」

「それでしばらくお座敷に出られなくなったときは、釣りで食べてたって」

「あたし、海辺の百姓の生まれなんで、釣りも野良仕事もできるんですよ」

「牛のお乳もしぼれるしね」

「あ、そうそう」

ぽん太は屈託がない。

「ほら、お上がりになって」

「じゃあ、お邪魔しちゃいます」

夜になって――。

洋二郎が帰って来ると、ぽん太はすっかり打ち解けてくつろいでいる。

「洋二郎さん。あなた、しっかり者のいいお嫁さんを見つけたわね」

芳野が嬉しそうにそう言った。

三

おちさは、夜中に目を覚ました。

近ごろ、しょっちゅう、こんなことがある。一刻（二時間）ほど眠って、夜中に目を覚まし、明け方までずっと眠れない。

ひだるくて目を覚ますのだ。

ひだるければ眠ればいいだろうと思うのは、健康な人なのだ。ひだる過ぎると、身体がいたたまれないような感じになって、眠るどころではなくなるのだ。痛いよりもつらいかもしれない。

外は風が強い。しっかりした家だが、それでも風に揺さぶられ、みしみし音を立てている。隙間風が入ってくるが、それほど冷たくはない。船乗りたちが言うところの、春一番なのかもしれない。

近くにおいてある火鉢の灰をかきわけ、炭から行灯《あんどん》に火を移した。

昨夜、寝る前に気になったことがあった。

——丹波さまの文を残すのはまずい。

そう思ったのである。

丹波美濃助からもらった文は、すべて取ってある。

もちろん、外から大奥に手紙が届けられることはない。あったとしても、中身はすべて読まれ、怪しげなことが書いてあれば、厳しく訊ねられる。

だから、そのほとんどは、おちさが城の外に出たときに手渡されたものや、丹波が懇意にしている店に置かれたものを通りがかりに受け取ったりしたものだった。

いちばん最初に受け取った丹波美濃助からの文は、大奥の代参で立ち寄った深川《ふかがわ》誓運寺《せいうんじ》の小坊主から渡されたものだった。

おちさが大奥に入って二年目のことだった。


いま、おちさの顔を見た。

おちさも近くにいたわたしを見つけてくれたのはわかった。

嬉しかった。もう、二度と会えないと思っていたから。

元気そうだった。

わたしはあまり元気ではない。

与力の仕事もつらいことが多く、一人前になるためにはもっと学ばないといけない。

与力になるからには、町人の役に立つ男になりたい。

だが、そんなことを考える人は少ない。

心を打ち明けられる友もいない。

おちさと話がしたいよ。なんでも話せたのは、おちさだけだった。

なんとか機会をつくるようにする。

この寺は、同心見習いの山崎という男の菩提寺《ぼだいじ》だ。まず、こいつを手なずける。

待っていてくれ。


おちさの姿を見た丹波美濃助が、急いで殴り書きした文である。

いまも、この文を読み返すと、おちさは涙が止まらなくなる。筆頭与力として奉行所で力をふるう美濃助も、あのころはこんなふうだった。

この文をもらったとき、おちさは帰りの道でわざと鼻緒を切り、しばらく立ち止まった隙に、次の代参の予定を伝えたのだった。

おちさの大奥勤めが三年目になると、宿下《やどさ》がりといって、六日間、実家にもどることができた。

このときは、毎日、美濃助と会っていた。
そして、連絡を取る方法もいろいろ考えた。美濃助が与力として力をつけ、大奥出入りの小間物屋と知り合ってからは、文のやりとりも楽になったのだった。

仕事であそこの店に行った。
奉行所の者には馬鹿ていねいに接する。
だが、世の中はそういうやつらばっかりだ。
きれいごと、おせじ、うそっぱち。
ぺこぺこされつつ、わたしは誰も信じていない。
おちさ。早く来い。
二人で面白いことをしよう。
考えていることがあるのだ。
おちさがしたがっている商いの元手をつくってやる。

くわしくは、宿下がりのときだ。
これが、あの木戸家の子どもをかどわかし、身代金五百両をつかんだ悪事の、最初の思いつきを記した文だったのだ。

このあと美濃助は細かく計画を詰め、あの見事なかどわかしを成功させたのだ。

――知っているのは丹波さまとあたしだけ。

まさか十五年も経って、この真相に迫るものがあるとは思ってもみなかった。

なにも知らない人が見ても、まったく意味はわからないだろう。だが、木戸家のかどわかしを知っている者が見たら、これは証拠にもなりうるのだ。

――文はすべて燃やしてしまおう。

それはつらいことだった。

だが、あとに残る丹波美濃助にとっては、危険なものになる。

おちさは、これまでの文を、一枚ずつすべて火鉢で焼いた。どれもこれも、胸をときめかせながら読んだ文だった。

四

翌朝――。
伊岡夏之助は、今日も剣術道場に足を向けた。

このところ、いい感じで稽古ができているのだ。一時期、剣を合わせずに戦う稽古に熱中した。あれ以来ではないか。

自分で考えた技は、磨き上げるのに熱が入る。教えられるより断然こっちがいい。本当は教えられる技をぜんぶ身につけてから、独自の技をつくり出すのだろうが、夏之助はそんな悠長なことはやっていられない。

なんせ、一刻も早く武者修行に出ていかなければならないのだ。

八丁堀の端にある稲荷橋を渡り、湊稲荷のところにやって来た。

早苗が立っていた。

風が強く、早苗の着物の裾がぱたぱたなびいている。それでも、たいして寒そうにはしていない。

「おはよう」

夏之助が先に声をかけた。

「うん」

早苗は微妙な顔をしている。といって、嫌なことではない。言いたくても、言えないという顔である

「どうしたの？」

「……」

黙ったまま、視線を横に向けた。

「まったく、もう」

見覚えのある若い神官《しんかん》が、ぶつぶつ文句を言っている。

なにか、面白いことが起きているらしい。

「どうしたんですか？」

夏之助が声をかけた。

「これだよ」

柱に結ばれた縄をほどこうとして、文句を言っているのだった。

「縄がどうかしたんですか？」

「毎日、この鳥居に縄を縛っていく人がいるんだよ」

若い神官は手先が不器用なのか、なかなかほどけないでいる。

「そうなの。あたしも三日前に見かけたよ」

早苗も小声で付け足した。

「へえ、毎日ですか」

「この五日ほどかな。やってるのは、女らしいんだよ。夜明け前にやって来て、すばやく縄を縛り、いなくなってしまうんだ」

「それって、なにかの願かけなんじゃないですか？」

「願かけ？　そんなの聞いたことないよ」

「ただ縄を巻くだけなんですか？」

「どういう意味？」

「隠された目的があって、鳥居を利用しているんです」

「あはは」

神官は力なく笑った。

「どうして笑うんですか？」

「どうやって？　なにを利用するんだい？　あたしは、ちょっと変わった人が、理由もなくやっていることだと思うよ。そういうやつは、世の中にいっぱいいるんだから」

「そうかなあ」

夏之助は不満げに首をかしげた。たしかに世の中には意味のない行動はいっぱいあるように見える。だが、それは自分でも理由がわからないだけで、ほんとはなにか理由があるのではないだろうか。

縄をほどき終えた神官は、その縄をわきのほうに放り、ぶつぶつ文句を言いながら本殿のわきの建物に入って行った。

五

翌日は一日、学問所のほうにいたため、湊稲荷の前は通らなかった。

その次の日——。

やはり、鳥居に縄が巻いてあり、そばに早苗が嬉しそうに立っていた。

「まだやってるんだ?」

と、縄を指差して訊いた。

「うん。昨日もあったよ」

「あれ、昨日、薙刀の稽古やったのか?」

「ううん。これ、見に来たの」

「わざわざ来たのか」

夏之助は呆れた。まったく、早苗の物見高いのは夏之助よりひどいくらいではないか。

「でも、夏之助さん。あれ、やっぱりなにかの合図だよ」

早苗は歩き出しながら言った。

「なんで？」

「いつも巻き方が違うんだよ」

「そうなの？」

「一昨日は向かって右側の下のほうに結んであったでしょ」

「ああ」

神官がしゃがみこんで、やりにくそうに縄をほどいていた。

「今日は上のほうだよね」

「そうだな」

「昨日は左側の柱の下に結んであった」

「へえ」

「場所だけじゃないよ。一昨日はふた巻きで、昨日はひと巻き、今日は三回ぐるぐるって巻いてあった」

「それは間違いなく合図だ」

と、夏之助もうなずいた。

あらかじめ、伝えることを決めてあるのだ。たとえば、夏之助と早苗だったら、右の上にふた巻きしたときは、今日は学問所で講義を二つ受けてくるとか、左の下にひと巻きのときは、今日は剣の稽古を一刻やるとか。

これをあとから来た早苗が見て、夏之助がいまなにをしているのかが、すぐにわかるというわけである。

「これで解決だね」

早苗は嬉しそうに言った。

「そうかな」

「あたしたちもやってみようか。ああいう合図」

「でも、おいらなんか、そんなにいろいろ合図いらないよ。学問所か道場か」

「あと、抜け出して町をぶらぶらってのもあるでしょ」

「やってもいいけど、あれ、やっぱり変だよ」

「なにが？」

「ほんとに合図かなあ。だって、縛っておいても、神官が朝早くやって来て、ほどいてしまうんだぞ。合図だったら、ほどかれたりしないところに、目立たなくしてやるはずじゃないか？」

「ほんとだね」

「残念だけど、もう一回考え直さないと駄目だな」

夏之助は早苗の上役みたいな顔をして言った。

六

「わざわざ来てもらってすみませんね」

と、柳瀬洋二郎が頭を下げた。

「いや、浜代を殺した相手を捕まえてもらえるなら、いくらでも協力しますよ」

そう言ったのは、越前屋の若旦那の清蔵である。

「あの晩、ここで飲んだのは覚えてますか？」

「そりゃあ、忘れませんよ」

ここは、深川にある料亭〈夜半亭《やはんてい》〉である。しゃれた京料理を出すのと、京出身の女将の客あしらいの見事さで、日本橋の大店のあるじたちが贔屓《ひいき》にしていた。

清蔵は、二階の窓から外を見た。

すぐ前を流れているのは、深川の油堀《あぶらほり》である。

「この部屋で、おちさと打ち合わせをし、別れたあと、ここまで付き合わせた浜代がいなくなったんですから」

「浜代は、若旦那がつれて来たんですか？」

「日本橋の芸者ですから。ほんとは深川の芸者を呼ばなければいけないんだけど、深川ってとこは鷹揚でしてね。ただ、そのあと、わたしは深川芸者のいる席にも出たんですよ。だから、浜代を一人で帰すことになったのです。ちゃんと帰りも送ってあげていれば、あんなことにはならなかったでしょう」

「では、この料亭からは、若旦那が先に出たんですか？」

「それはわからないですね。大事な話になって、浜代には席を外させました。それで、あたしは次の約束があって、飛び出してしまったので」

「では、浜代はほかの部屋で休んでいたかもしれないんだ」

「そうですね」

「若旦那はこの前も、あんな明るい子が身投げなんかするわけないと言っていましたね」

「ええ」

「じつは、おいらも浜代とは面識がありましてね」

「そうでしたか」

「同感なんですよ」

「そうでしょう」

「じゃあ、身投げじゃないとしたら？」

「殺されたんですよ」

若旦那は強張《こわば》った顔で言った。

「誰に？」

「それはわかりませんよ」

「浜代は見つかったとき、着物の合わせが逆になっていた」

「そうなんですか？」

「つまり、殺されてから着させられた」

「なるほど」

「おいらは、浜代はいい人と会っていて、布団のなかで殺され、それから着物を着せられて水に浸《つ》けられたと思っていた」

「まさか、わたしを疑うんですか？　わたしは、浜代とはなにもなかったですよ」

清蔵は怯えたように言った。

「いや、それはなかったと、おいらも聞きました」

「誰に？」

と聞かれて、洋二郎は手を叩いた。

現われたのは、ぽん太だった。

「なんだ、ぽん太じゃないか？　お前なんか呼んでないぞ。陽のあるうちにお前なんか呼ぶわけないし」

清蔵は言いたいことを言った。

「あたし、今度、そこの柳瀬洋二郎さんの嫁になるんですよ」

「えっ」

清蔵は仰天して洋二郎を見た。

「そういうわけで、ぽん太から聞いたんです。浜代はなんでもぽん太に話していたみたいでね」

「そうなのか。ぽん太と柳瀬さまがねえ。まいったなあ」

清蔵は、さっきひどいことを言ってしまい、いたたまれないような顔をした。

「ま、ぽん太の悪口はお気になさらず」

洋二郎は清蔵の肩を叩いた。

それから女将に来てもらい、

「浜代の死について調べたのは誰だい？」

と、洋二郎は訊いた。

「南の山崎さまという同心と、要作《ようさく》という親分がずいぶん調べてました」

「要作も」

「それと、相撲取りみたいに大きな下っ引きも」

「そりゃあ寅吉《とらきち》って野郎だ」

「あ、そうでした」

煎餅屋の殺しでちらほら影が見えていた連中である。

山崎と要作と寅吉が調べてまわったということは、殺しを誰も見ていないかを確認するのが仕事だったのだろう。

「あの晩、おちさはどうやって帰ったんだろう？」

「たしか舟を拾いましたよ」

と、女将は言った。もう三月近く前のことだが、女将は覚えていた。浜代の死というできごとがからんだこともあるし、客あしらいがうまいというのは、記憶力がいいせいでもあるのだ。

「自分で？」

いちおう訊いた。油堀には猪牙舟《ちょきぶね》がいっぱいうろうろしている。声をかけ、捕まえるのはかんたんである。

「いえ、あの方はあまり身体の具合がよくないみたいで、番頭さんが舟を拾いました」

「番頭？　番頭がいっしょだったのか？」

洋二郎は後ろにいた清蔵を見た。

「いえ、あたしの席には来てませんでした」

「ほんとに番頭か？　おちさのところの番頭を知ってるのか？」

洋二郎は女将に訊いた。

「番頭だと言われたわけではありませんよ。ですが、女将と番頭というのは雰囲気でわかるんです。手代じゃありません。もっと、なあなあで女将さんと話していました。それに着物の贅沢さでもわかりますし」

「そうか、番頭が来てたか」

洋二郎は腕組みして考え込んだ。

青洲屋の番頭は、浅右衛門《あさえもん》といったはずである。いかにも遣り手といった男で、金のためならきわどいこともするかもしれない。

「そういえば……」

女将がなにか思い出したらしい。

「どうした？」

「浜代ちゃんは、若旦那のお座敷を中座して、下の控えの間にいたんです。番頭さんはその隣の小座敷で飲んでいたかもしれません」

「おいおい」

洋二郎の目が輝いた。

七

夏之助と早苗は、道場の帰りに、また湊稲荷に来ていた。

「気になるよね」

早苗が言った。

「うん。気になると駄目なんだ。縄で鉢巻したくなっちゃう」

「あははは」

「この鳥居って、遠くから見えるのかな?」

夏之助は鳥居のところに立ち、周囲を見回した。

湊稲荷は、八丁堀の流れと、越前堀の流れが合流し、大川に出ていく手前にある。境内は五百坪ほどで、裏手がその水の流れである。

「あんまり見えないね」

早苗がわきに立って言った。

堀を行き来する舟から見えてもよさそうだが、境内のなかに富士塚という人工の富士山や社殿、ほかの神社の建物などがあるので、見通しは悪い。

「こっちは?」

と、右手を見た。

鳥居の右手は湊河岸のいちばん端になっていて、大川のほうを通る舟からはこの鳥居も見えるはずである。

「うん。舟からも見えるけど、斜めから見る恰好になるね」

と、早苗が川を見ながら言った。

「どっちの柱に縛ったか、見にくいよな」

「そうだね」

「この縄がよく見えるのは、道を通る人と、参拝に来る人だけだ」

「でも、合図じゃないんでしょ」

「いや、やっぱり合図かもしれない」

夏之助は鳥居の周りをぐるぐるまわって、

「ここだけなのかな？」

と、首をかしげた。

「縄を縛るのが？」

「ああ」

「ここらに鳥居があるところは……霊岸島の東湊町《ひがしみなと》にある恵比寿さまでしょう。あと、わたしは行ったことないけど、佃島《つくだじま》には住吉《すみよし》神社という大きな神社があるらしいよ」

「いや、神社だけでなく、なにか縛ることができるやつだよ」

「なんで？」

「ここからさらに、どこかに伝わったかもしれない。あるいは、合図の返事が来るのかもしれない」

「なるほど。じゃあ、探してみようか」

二人は歩き出した。

「あ」

早苗がすぐに足を止めた。

「なんだよ？」

「橋の欄干《らんかん》」

と、稲荷橋を指差した。

「なるほど」

たしかに、縄を縛ろうと思えば縛ることはできる。

「でも、いままで縄が縛ってあったのを見かけたか？」

「あたしは見てないけど」

「おいらも見てないぞ」

いちおう、目を近づけて欄干を見た。

腐るほどではないが、けっこう古くなっていて、縄を縛ったりすればあとがつきそうである。だが、そんなものは見当たらない。

「違うな」

そう言って歩き出した。

民家が並ぶあたりには、縛ることができそうなものは意外に見当たらない。大きな武家屋敷の前に来た。

「ここは？」

「阿波《あわ》の蜂須賀《はちすか》さまのお屋敷だよ」

いかめしい門があるが、柱に縄を縛ることはできそうもない。

通り過ぎてしばらく行くと、辻番がある。町人地の番屋のようなもので、大名や旗本が自前で番人を雇い、近辺を警戒させている。その番人がこっちを見ているので、さりげない顔で通り過ぎた。

「ねえ、夏之助さん」

「なんだよ」

「辻番のわき、見た？」

「見ないよ。だって、こっちをじろじろ見てるんだもの」

「お地蔵さまがあるよ」

夏之助はそっと振り向いた。

「ほんとだ」

「お地蔵さま、縛ったりできるんじゃないの」

「ああ」

そういえば、江戸の数カ所に縛られ地蔵というのがあったはずである。

「訊いてみようよ」

「あの辻番にか？」

夏之助は顔をしかめた。身体の大きな、凶暴そうな男である。

「いいよ、あたしが訊いてあげる」

早苗はそう言って、辻番に声をかけた。

「ねえ、おじさん」

「なんだい？」

「そこのわきにお地蔵さんがありますよね。そのお地蔵さんを縛ったりする人は、このあたりにいませんか？」

「この地蔵を？　縛る？」

「はい」

「そんなことしたら、その野郎をこっちが縛ってやるさ」

番人はそう言って、縄を縛る手真似をしてみせた。

八

越前屋の若旦那には帰ってもらい、洋二郎とぽん太は、料亭〈夜半亭〉の周りを歩いてみた。

「浜代はお座敷を中座するように言われ、下の控えの間にいたんだ。それで、話を終えたおちさが番頭のところにやって来て、なにか言ったんじゃないかな」

と、洋二郎は言った。

「なんて？」

「若旦那がまんまと乗ったとかいうようなことだよ」

「それを、浜代ちゃんが聞いて」

「聞いたことを番頭に知られた。番頭はどうする？」

「若旦那をひっかけようとしていることを、浜代から伝えられたりしたら大変だよね。それで、殺したんだ」

「ぜんぶ辻褄《つじつま》は合うよな」

「合うね」

ぽん太はうなずいた。

「なんだか、夏之助と早苗ちゃんみたいになってきたな」

「あら、ほんと」

「これで番頭をしょっぴいて、追い詰めることもできそうだけど、浜代の着物の合わせがなんで逆だったかだよな」

「ここらで裸になる理由なんかないよね」

「ああ」

洋二郎とぽん太は、堀の縁に立って、ぼんやり行きかう舟を眺めた。

「夏之助と早苗ちゃんて、こうしてじいっと景色を眺めたりするんだろうな」

「そうしてるの、あたし、見たことあるよ」

「すると、なにか見つけるんだな」

「あたしたちも見つかるかも」

「そうそう見つからねえって」

それでも二人は、堀の景色を眺めつづける。

「なんだか座禅でも組んでいるみたいな気がするぜ」

「あたしは子どものころに帰った気がする。大人になると忙しくて、こうやってゆっくり町の景色を眺めるなんてこともしなくなっちゃうけど、子どもって、大人が見てないところを見てるんだろうね」

「その目が、十六年前の悪事を見つけ出したのさ」

いろんなかたちの舟、いろんな顔の船頭が行き過ぎる。

「あ」

ぽん太が大きな声を上げた。

「見つけたふりなんかするなって」

洋二郎は笑った。

「そうじゃない。ほら、あれ」

ぽん太は一艘の舟を指差した。屋形《やかた》舟のようだが、屋根の下にあるのは座敷ではない。外に湯気が洩《も》れている。

数は多くないが、大川でたまに見る。粋人《すいじん》たちに好まれるのだ。

「湯舟に入ったのか！」

洋二郎がぱんと手を打った。

九

夏之助と早苗は、また、湊稲荷にもどって来た。

「やっぱり合図しかなさそうだよな」

「だとしたら、朝早く、ここを通る人に報《しら》せているんだろうね」

「そうだな」

二人は鳥居のわきにしゃがみ込み、通る人をさりげなく眺めた。だが、いまどきはそう人通りは多くない。

二人のわきを若い女の参拝者が通った。その女は長いこと本殿に祈り、おみくじを引いた。

小さな紙を開き、にんまりした。運勢はなかなかよいものだったのだろう。

「ここ、おみくじ、あるんだね」

と、早苗が言った。

「ああ、いままで知らなかったな」

本殿に近づき、おみくじを置いてあるところを見た。

小さな社殿のようなものがあり、やはり小さな賽銭箱《さいせん》に二文入れて、紐を引けば出てくるらしい。

「引いてみようか」

「二文いるんだぞ」

「うん。それくらい持ってるよ」

「だったら、飴買ったほうがいいよ」

それなら、一個、夏之助がもらえるだろう。

「飴はやめてるの。虫歯になるから」

「おみくじなんか、当たるもんか」

止めるのも聞かず、早苗はおみくじを引いた。

箱の裏のほうでことこと音がしていたが、やがて小屋の戸が開き、贋物《にせもの》の鳥が出てきて、見ると口に紙をはさんでいた。

「出た。それだよ、夏之助さん」

「ああ。ここのは、からくり仕掛けなんだな。贋の鳥がおみくじを引いて持ってくるんだ」

「よく、できてるねえ」

早苗は、おみくじの紙を開き、中身を読んだ。

「大吉か？」

「ううん、中吉」

「凶よりはましだ」

夏之助は、正月に神田明神で凶のおみくじを引いたことがある。とくにひどいことは起きなかったが、以来、おみくじは引いたことがない。

中吉　まずは元気を出すべし。
●金運　ふつう。儲《もう》け話には乗らぬこと。
●仕事　南の食べもの屋にいい仕事あり。
●縁談　十八で叶う。それを逃すと二十五。
●病　快癒《かいゆ》。薬を忘れない。
●勝負　大勝負あり。やるべし。
●吉方　西によきことあり。
●失物《うせもの》　駕籠《かご》の中、隣の家。
●転宅　急ぎ引っ越すべし。

「縁談は十八だって」

「うん」

「南の食べもの屋にいい仕事ありってなんだろうね」

「早苗には関係ないのさ」

「夏之助さんは占いなんか信じないの？」

「そうでもない。だって、大きな運命みたいなものがあって、それを見る方法もあるかもしれないだろ」

「これは？」

「おみくじなんか信じない」

「なんで？」

「見てみなよ。こんなの、神官あたりが適当に書いてるんだ」

「そうかな」

「でも、こういうのを信じる人って、おみくじで人生が決まったりするよな」

「そうだね」

「あ」

ふと、思いついた。

「どうしたの？」

早苗が訊いた。

「鳥居の合図だけど、神官はかならず見てるよな」

「そうだね。え？　それって？」

「縄をほどいていた人だよ。合図はあの神官にしているとしたら？」

「なんの合図？」

「おみくじも、あの人がしてることかもしれないぞ」

夏之助はそう言って、鳥居に目をやったとき、若い女がやって来て、鳥居のわきから縄を拾うと、引き返して行った。

「あ」

「うん、あの人」

「あとをつけよう」

夏之助と早苗は、そう言っていまの女のあとをつけた。

女はそう遠くへ行かなかった。夏之助たちが通う剣術道場に近い一軒家のなかに入って行った。

「ここが家か」

「そうみたいね。あの人が朝早く、鳥居に縄を縛るんだね？」

「それが合図で、神官は確かめ、ほどいてわきに置いておくんだ」

「それをまた、明日の朝、鳥居に縛りつけるんだ」

「ああ」

二人がぼんやり家の前に立っていると、男がやって来て、その家の戸を開けた。

「ただいま」

男はそう言い、ふと玄関わきの植栽が気になったらしく、しゃがみ込んで、枯れた葉っぱをむしり出した。

そこへ、さっきの女の人が出て来て、

「どうだったい、お前さん？」

と、訊いた。

「ああ、おみくじを引いたら、西のほうが吉ってあったんだよ。それで、西にある下駄屋を探して訊いてみたよ」

「どうだったの？」

「ああ。ちょうど人手不足だったたって」

「じゃあ、お前さん」

女の声がはずんだ。

「ああ。明日から雇ってくれるってさ」

「よかったねえ」

「なんだかこの数日、湊稲荷のおみくじ通りに動いたら、いいことばかりだったな」

「当たるんだよ、あそこのおみくじは。松吉《まつきち》もそう言ってたよ。うちのおみくじは、ずいぶん人助けしてるんだって」

「へえ。じゃあ、賽銭をはずまなくちゃな」

男はそう言って、植え込みの枯れ葉をむしり終えると、晴々した顔になって、家のなかに入って行った。

夏之助は早苗を見た。

「これでぜんぶわかったな」

「うん。あそこのご主人が、ここんとこ、元気を失くしてたんだね」

「ああ」

「それで見かねたおかみさんが、たぶん弟なんだね、あそこの神官に相談したんだろうね」

「そうだな」

「それで、なんとか元気づけよう。それには、おみくじを使って信じさせたらいいってことになったんだ。それで、おかみさんはその日、ご主人がやりそうなことを伝えた。鳥居に縄を結んでね」

「たぶん、肝心なところは一部だよな。仕事とか」

「賭けごととか、吉方とかだね。神官はそれを見て、おみくじの文句を書き、あのご亭主が来るのを隠れてみていた」

「それで、おみくじを引いたとき、つごうよく書いたおみくじが出るようにしたんだ」

　と、夏之助は言った。

「そうだったのか」

　早苗が拍子抜けしたみたいに言った。

「なんか納得できないものが残ったな」

「おみくじのこと？」

「ああ。だって、インチキだよな」

夏之助はいきどおりをにじませて言った。

「そうだよね」

「おみくじって、公平じゃないとまずいんじゃないのか。身内はそれで助けたかもしれないけど、おみくじ引くのはあの人だけじゃないぞ」

「そうだよね」

「悪事に利用しようと思ったらできるし」

「いくらでもできるよね」

「どうする？」

「どうするって？」

「このこと、神主さんに文句言おうか？」

夏之助はそう言った。

ちょうど湊稲荷の前にもどって来たところだった。

「でも、あの神官ももうしないよ、きっと」

「いちおう助けたからな」

「そういうものかもしれないよ」

「なにが？」

「きっと、いろんなことがいい面と悪い面の両方を持っていて、あたしたちには判断はできないよ」

「そうだな」

「神の御心《みこころ》をおみくじで訊いてみようか？」

「もう一回引くの？」

早苗はまた、二文取り出し、あの小屋の前に行き、おみくじを引いた。

大吉　大きな気持ちでものごとを見るべし。
●金運　困ることはない。
●仕事　ひっきりなし。
●縁談　良縁すでにあり。近くを見よ。
●病　心配なし。
●勝負　意外にも勝利。
●吉方　南のほう。
●失物　部屋の下のほうにて見つかる。

●転宅　しばらく我慢すべし。

早苗は読み終えて、夏之助に渡した。

「どれどれ、へえ、大きな気持ちでだってさ」

「大きな気持ちで、おみくじのインチキも見逃そうか」

「そうだな」

ホッとした。これでまた、誰かが咎《とが》められでもしたら、ひどく嫌な気持ちになってしまうだろう。

「それより夏之助さん。縁談のところ。良縁すでにあり、近くを見よだってさ」

「そんなの、どうだっていいさ」

「あら、大事なことだよ」

二人はおみくじをもう一度、交互に読みながら、湊稲荷をあとにした。

十

その夜である。

「おちさのところまでは辿り着いたな」

と、柳瀬宋右衛門は弟の洋二郎に言った。

「ええ」

洋二郎はうなずいた。

二人はまだ、奉行所に残っていた。

たったいま、元青洲屋の番頭である浅右衛門をお縄にしたところだった。

このあともしばしば訊くことがありそうなので、小伝馬町の牢屋敷には送らず、北町奉行所の牢に入れた。

あのあたりに来ていた湯舟の船頭を問い詰めたのである。

すると、

「あの近くに舟を泊め、芸者が湯に入っているところに、岡っ引きの旦那と、あと二人の男が乗り込んできました。あっしは、舟を大川の真ん中に出しました。湯のなかではなにか恐ろしいことが起きている気配でしたが、あっしは脅されて、なにも言えなかったんです」

と、白状した。

三人の男たちの人相風体は、番頭と岡っ引きの要作と下っ引きの寅吉のそれと、ぴたりと一致した。

　これで証言や証拠も出そろった。

　浅右衛門を問い詰め、ついにおちさの悪事も白状させた。

「女将さんがなさってきたことは、人生を賭けた遊びみたいなものだったかもしれませんね」

　と、浅右衛門は言った。

「遊びだと？」

「ええ。自分はどこまで力をつけ、越前屋をつぶすことができるのかって遊びですよ」

　ただ、この浅右衛門も丹波美濃助の名前は出さずにいる。

「肝心の、丹波どののところまでは行けない」

　洋二郎は悔しげに言った。

　寅吉はなにも知らず、要作も山崎半太郎のところで止まってしまう。

　浅右衛門もおそらく丹波のことは詳しく知らないのだろう。

「おちさを問い詰めても、吐かないだろうな」

「だいいち、おちさはもう訊問にも耐えられないみたいですよ」

医者からも、もう、いつ亡くなってもおかしくないと言われているらしい。

「うむ」

と、宋右衛門は唸《うな》った。

死んでいった者たちのためにも、丹波美濃助の悪事は明らかにしなければならない。

「兄貴。荒技があります」

洋二郎が言った。

「なんだ?」

「丹波どのがおちさのところに行ったとき、おちさの家を取り囲むのです」

「丹波どのが素直におちさを渡すかどうか、それを見るのか?」

「ええ」

「お前は、丹波どのなら渡さないと思うのか?」

「そんな気がします。それで、その終わり方が、いちばん丹波どのの生き方を汚さないのではないでしょうか?」

「そうかもしれないな」

たぶんそれで、丹波美濃助は自害するだろう。

「ただ、若葉ちゃんが可哀そうですね」

「そうだな」

丹波の次男の右京は、すでに柳瀬家の者になっていて、丹波の家のことは関係がないとできなくもない。だが、丹波を追い詰めたのが柳瀬宋右衛門なのだから、右京もこのまま居つづけるのは難しいのではないか。

「右京はいったん、実家に帰すことにしよう」

と、宋右衛門は言った。

「それがいいと思います。右京さんはカッとなりやすいところがありますし」

「どうしてですか？」

若葉が強い口調でそう言った。

紅葉の部屋に寝ていた早苗は、目を覚ますと、暗いなかで紅葉と顔を見合わせた。

もう、だいぶ夜は更けているはずである。

「いま、わけは言えぬのだ」

と、父の宋右衛門が答えた。

「そんな。右京さまはご存じなのですか？」

「いや、右京も知らぬ」

「なにも言わないまま、ただ、しばらく実家にもどれとおっしゃったのですか？」

「そうだな」

どうも、右京はすでに、実家に帰ってしまったらしい。

早苗は眠りこけてしまい、そこらの騒ぎには気づかなかった。

「ひどい」

「だが、ここにいたほうがもっとつらい思いをする」

若葉が耐えているのか、しばらく話し声が途絶えた。

「なんだろう？」

紅葉が早苗にそっと訊いた。

「右京さんが実家にもどされたみたいね」

と、早苗は答えた。

「なにかまずいこと、したんだね」

「そうかな」

「右京のことだから、そこらで町人の娘を騙《だま》したとか」

紅葉は右京に対してかなり辛辣《しんらつ》である。

「それで実家に帰す？」

「万引きとか盗みで町方に捕まった？」

「そんな」

考えてもわからない。

「右京さまと相談して来ます！」

若葉が叫ぶように言った。

「若葉、およしなさいっ」

母が強くたしなめた。

「どうして？」

「お父上は、あなたのことを思ってしたことなの。理由がわかるまでそうはかからないらしいから、いまは我慢なさい」

母に言われると、若葉はしばらく泣きじゃくった。

十一

このところ、静かな日がつづいていた。

丹波美濃助は奉行所を出ると、日本橋に向かった。

ここで人混みにまぎれ、魚市の裏手のごちゃごちゃした細い道を抜け、西堀留川《にしほりとめ》の小舟河岸で猪牙舟を拾った。

ひさしぶりにおちさを見舞うつもりだった。

奉行所のほうが忙しくて、なかなか訪ねることができずにいたのだ。

——まったく、手ぎわの悪いやつばかりだ。

昨夜は、柳瀬家に養子にやった倅が、家にもどって来た。なにか、しくじりでもしたのか。次男は父親に似ず、女癖がよくなかった。

丹波美濃助は、正式な妻のほかに、おちさという女がいる。だが、妻は世間のしきたりにしたがっただけで、ずっとおちさを想いつづけてきた。

右京のことは、明日にでも詳しく訊ねるつもりだった。

舟に乗っているあいだ、しきりに昔のことが思い出された。

自分が丹波家に養子に入る前、下谷《したや》にいた当時が、いちばん幸せだった気がする。

あれから三十年余。

時はなんと、凄まじい速さで過ぎてしまったのだろう。

舟がおちさの隠れ家の前に着いた。

あたりを見回し、丹波美濃助はなかに入った。

おちさはひどく喜び、

「丹波さま。お待ちしてました。もう、お会いできないかと思っていたのです」

と、言った。

おちさがこんなに気の弱いところを見せるのは初めてではないか。

「すまん。どうしても忙しくて、つごうがつかなかったのだ。詫びのしるしだ。うつぶせになるがいい」

おちさのわきに座り、背中一帯から腰にかけて、ゆっくりさすってやった。

――ん？

気がつくと、窓の外でいくつもの明かりが揺れていた。

障子窓をそっと開けた。

町方に取り囲まれていた。かなりの人数である。

「どうなさいました？」

「町方だ」

「町方？　丹波さまの配下？」

「いや、違う。北町の連中だ」

「どうして？」

声が聞こえた。

「青洲屋の番頭浅右衛門は、浜代殺しと煎餅屋殺しを白状した。そして、その背後にいる者もな」

柳瀬宋右衛門の声だった。

柳瀬はさらに言った。

「青洲屋おちさ。さきの罪に加え、十六年前の旗本木戸家のかどわかしと身代金の受け取り、さらに金太郎金の商いにまつわる数々の死についても問い質すため、召し取りに参った。素直に出て参れ」

「あいつめ」

丹波は悔しげに顔を歪ませた。

「早苗ちゃんのお父上？」

「うむ」

「もしかして、あの子たち、そのあたりに来てるのかしら」

おちさは会いたそうな顔で言った。

「ほんとに、また、あいつらのせいかもな。養子に出した右京が、もどされてきたのだ」

「まあ、また思いがけないところでなにか摑んだのですね」

「そうかもしれぬ」

「運命ですよ、きっと」

おちさは静かに微笑んだ。

「馬鹿な」

丹波美濃助は立ち上がり、刀を抜き放った。

「丹波さま。もうお逃げになって」

「いまさら無駄だよ」

「そんな。逃げのびて、あの夢をかなえてください」

「もう、いい。倅が代々あるじになるような店は、放っておいてもいずれつぶれる。それは、八丁堀の与力や同心の家も同じことだ」

丹波美濃助はきっぱりと言った。

「神妙にしろ」

と、駆け上がって来た奉行所の小者を、

「やかましいっ。誰に言っているのだ」

と、叫びながら斬った。

小者は肩をざっくりと斬られ、階段を転がり落ちていった。

さらに、そのあとを駆け下り、周囲にいた小者にも刃を向けた。

小者をかき分けるように、柳瀬宋右衛門が出てきた。

「丹波どの。そこまで抵抗なさるおつもりか」

「ああ、こうなったらとことん抵抗させてもらう」

「わたしが相手だ」

そのわきから、弟の洋二郎も出てきた。

「ふふふ。まだまだだ」

丹波美濃助はそう叫ぶと、ふたたび二階に駆け上がって行った。

「丹波さま。よして」

「なぜだ？」

「わたしはもう、あとわずかな命なのですよ」

「だったら、このままそなたの喉《のど》を突き、わしも腹を切って死ぬか」

「ええ」

「駄目だ。それじゃあつまらぬ。あんたの燃え尽きんとする命を守って戦うところがいいのじゃないか。理詰めのふるまいなんてつまらないと、それはよく、二人で言っていたことじゃないか」

「丹波さまって、昔とちっとも変わらないのですね」

「変わらないよ、わたしは」

丹波美濃助は、少年のように笑った。

十二

その日も風が強く吹いていた。

やはり冬の風とは違う、強さのなかに柔らかさをふくんだ風だった。

「永代橋のたもとで、おかしな凧《たこ》を揚《あ》げているやつがいた」

という話を、夏之助は学問所の友人から聞いた。

「どんな凧だよ?」

「四角くないんだ?」

「じゃあ、やっこ凧だろうよ」

「そうじゃない。三角のかたちをして、空の上を凄い速さで飛びまわるんだ」

「三角の凧？」

もしかして、それはいかのぼりというやつだろうか。早苗から、大坂では凧のことをいかのぼりというらしいと聞いてから、夏之助の頭のなかではイカのかたちをした凧が存在していた。

家にもどるとすぐ、猫のタマのふりをして早苗を呼び出し、永代橋のたもとにやって来た。

だが、そんな凧の姿はどこにも見えない。

青い空を、強い風が吹き渡っているばかりだった。

しばらく川べりに立っていると、

「夏之助はいるか。伊岡夏之助！」

大声が聞こえてきた。

見ると、丹波右京が駆けつけて来た。

「ここにいたか」

右京は目を吊り上げて怒鳴った。

「なんでわかったの？」

早苗が訊いた。

「お前らのことは、ここらじゃ皆、知ってるのさ。いつも二人でつるんで歩いているのだから。それくらい目立っているってことよ」

悪意がこもった言い方だった。たしかに、「仲がいいね」とからかわれることはよくあるが、後ろ指を差されるように見られた覚えはない。

「なにか用ですか？」

夏之助が訊いた。

「父上が、きさまらのせいで」

「え？」

「昨夜、町方に囲まれ、討ち死にされた」

昨夜遅く、なにか大きなできごとがあったらしいことは、翌朝、いろんなところで感じられた。

だが、夏之助と早苗はできるだけ訊《たず》ねたりしないでいた。それは、興味半分で関わったりしてはいけないことのように思えたからである。

「おいらたちのせいだなんて」

「ご自分のせいじゃないの」

と、早苗は叫んだ。

「許さぬ」

右京は刀を抜いた。

「右京さま、待って！」

若葉があとを追ってきた。

「若葉、来るな」

右京が振り向いて怒鳴った。

「落ち着いてくださいませ。右京さまはもう、丹波家の者ではなく、柳瀬家の者でございますよ」

「なにが柳瀬家の者だ。わしはこんな惰弱《だじゃく》な家の者になど、なりたくはない！」

若葉にも刀を向けた。

「よせ！」

夏之助が叫んだが、右京は若葉に斬りかかった。

「あっ」

胸元のあたりを斬られ、若葉は後ろに倒れた。

「若葉姉さん！」

「よせ。おいらが相手だ」

「ガキが。ほんとにきさまは、しゃらくさい、目障《めざわ》りなガキだったぞ」

右京が青眼《せいがん》に構え、迫って来た。

「早苗、下がって」

夏之助は言った。

「駄目、夏之助さん」

夏之助は早苗には目もくれず、一度、青眼に構え、それから剣先を思い切り下まで下ろした。

「なんだ、それは。地摺りの構えのつもりか。いまから、そんな邪道の剣を学んでいるようじゃ、上達は覚束《おぼつか》ないな」

せせら笑った。

同時に右京の右足が大きく踏み込んできた。

夏之助の剣が撥ね上がった。

「え」

右京が目を瞠った。

次の動きができなかった。筋を断《た》たれた右手が動かず、いったん引き込んだ剣が崩れるように斜めに倒れたのだ。

「なんだ？」

だが、まだ左手一本で剣を摑んでいる。

「こやつ」

脅すように怒鳴りながら、左手一本で上段に構えたところへ、

「やっ」

夏之助はすばやく突いて出た。

深くはないが、鋭く速い突きが、振り下ろされるより速く、肘《ひじ》の裏に刺さり、剣は元にもどった。

「ああっ」

また剣が流れた。

右手ほどではないが、また、どこかの筋を断ったのだろう。

「なんで、わしが、こんなガキに」

右京は呆然と立ち尽くした。

十三

八丁堀を揺るがしたあの事件は、その後、数人の者——おちさの周辺で手先として動いた男たちを捕縛し、やはりつながりがあった金太郎金という金貸しの営業を取りやめさせ、やがて終息した。

奉行所では、もう捕縛されたりする者はいなかった。

丹波美濃助の死は、まさに壮絶な討ち死にだった。なんとしても生かしたまま捕らえようとしたが、二階の屋根に出て、家に火をつけようとしたり、爆薬のようなものを持ち出したりしたため、ついには捕り方が槍で突くしかなかった。

あれほど凄まじい抵抗は、数多くの捕物を経験してきた奉行所の与力同心たちも初めてのことだった。

集まっていた野次馬たちも、誰もあれが南町奉行所の与力だなどと、思いもしなかったらしい。数日後に出た瓦版には、

「謎の大悪人が、大暴れの末に討ち死に」

と、書かれた。

丹波の死が確かめられたときには、すでにおちさも布団のなかで息絶えていた。

丹波美濃助は最後、暴れまくり、ほかの者の罪もすべて背負って死んで行ったのかもしれなかった。

北町奉行所はもちろん、南町奉行所側も調べは進めたのだが、じっさい、丹波美濃助が手をつけた悪事は、ほかに見つけることはできなかったらしい。

丹波右京は、あのまま失踪《しっそう》するようなかたちで姿を消し、五年ほど経《た》ったころ、消息がわかった。遺《のこ》された丹波美濃助の妻女たちとともに、王子《おうじ》の在でひっそりと暮らしていたが、若くして病で亡くなってしまったらしい。

独り身にもどった若葉だったが、右京の失踪から一年ほどして、木戸良三郎を養子に迎えることになった。

「もう誰とも会いたくない」

と、離れに引きこもってしまった若葉の気持ちを理解し、ふたたび外へ引っ張り出したのが、

「かどわかしのあと、わたしは三年間、怖くて外に出られなかった」

という良三郎だったのである。

この成り行きをいちばん喜んだのは早苗だった。

さて、それからのわたしだが――。

結局、元服の儀を取りおこなったのは、その翌年、十六になった正月のことだった。わたしが当時はまだ、小柄な体格だったこともあるだろうし、前髪を下ろしたあとでも早苗とうろうろされてはみっともないという、親たちの心配のせいもあったらしい。

たしかに、前髪を下ろしてみると、それまでのように早苗といっしょにそこらを駆けまわったりはしにくい気持ちになっていた。

とはいえ、わたしと早苗の仲が疎遠《そえん》になったかというと、そうではなかった。

元服した二年後。

わたしと早苗が十八のとき、わたしたちは晴れて夫婦になったのである。

同時に、わたしは同心見習いとして奉行所に出仕することになった。父がやはり奉行所勤めは性《しょう》に合わず、早めに隠居したいという意向を示したからだった。

そのため、わたしは結局、念願の武者修行に出ることは、ついになかったのである。したがって、わたしの剣術もたいしたことはないままで、ご一新を迎えることになったのだった。

そのご一新前後の混乱というのは、また別の話になるだろう。

ところで、十四、五のわたしの話をお読みになった方は、同心となったわたしがさぞやさまざまな謎を解き明かして、大活躍をしたのではないかと、想像なさったかもしれない。しかも、そのわたしを陰ながら早苗が助け、八丁堀夫婦捕物帳みたいなものまで書いたりしたのではないかと。

それは、お生憎《あいにく》さまとしか言いようがない。

活躍もなにも、同心勤めのあいだ、わたしはほとんど事件らしい事件と出会わなかったのである。

同心たちは、何日かごとに寝泊まりしなければならなかったが、そのときも人殺しが起きて、叩き起こされたとか、辻斬りが出たなんてことは、ほとんど一度もなかった。火事で数回起こされたことがあったくらいである。

あまりにもわたしの周囲で事件が起きないため、

「事件のほうが伊岡を避けているのではないか」

などとからかわれたりもした。

もちろん、それはいいことでもあり、わたしは自分の幸運に感謝したものだった。

いま、わたしは霊岸島の南端、かつてはお船手方の組屋敷が立ち並んでいたあたり、京橋区新船松町《きょうばしくしんふなまつ》のつましい家に住み、新聞への寄稿《きこう》や、ご一新前後に学んだ英語の翻訳《ほんやく》仕事などでどうにか暮らしている。

ちなみに、早苗の姉妹たちも近くで元気に暮らしている。

若葉の婿になった木戸良三郎は、そのまま東京警視庁の幹部として残り、十年ほど前に退職した。いまは、新富町《しんとみ》に長屋を持ち、悠々自適な老後を送っている。

紅葉は意外な人生を送った。なんと、小芝居の台本を書いていた売れない戯作者《げさくしゃ》と、駆け落ちしてしまったのである。

幸いその戯作者は、三十半ばで売れはじめ、いまは巨匠の一人として、歌舞伎でも売れっ子になっていた。

紅葉の美しさはいまも若い芸者が羨むほどである。

川向こうの深川で暮らすのは、洋二郎とぽん太である。

洋二郎はずっとあの調子で気楽な人生を送った。暮らしを支えたのはぽん太の商才で、いまはすきやきの店を三軒ほど持ち、どこもたいそうな繁盛ぶりである。

世はどんどん移り変わっていく。

いま、巷では西洋料理が流行し、方々にコーヒー館ができつつある。こうした新しい食べものが、わたしの妻はなんとしても食べてみたいらしく、噂を聞けば必ず、

「夏之助さん、行ってみようか」

と、目を輝かすのである。

おかげで早苗は、三人姉妹のなかではいちばん丸々と肥えてしまった。もともとぽっちゃり型の身体つきが、おいしいものに目がないのだから、当然のことだろう。

「ほら、この夏之助さんの書いた記事の下にある広告。チキン・ライスのおいしい店だって。木挽町《こびき》一丁目だもの。すぐ近くだよ。行ってみようか？」

もちろん、わたしだって断わるわけがない。

「ああ、行ってみよう」

早苗もわたしも、物見高い性格は、五十年経ってもまったく直らないのである。

早春《そうしゅん》の河《かわ》　八丁堀育《はっちょうぼりそだ》ち 4　朝日文庫

2013年10月30日　第1刷発行

著　者　風野真知雄《かぜのまちお》

発行者　市川裕一
発行所　朝日新聞出版
〒104-8011　東京都中央区築地5-3-2
電話　03-5541-8832（編集）
03-5540-7793（販売）
印刷製本　大日本印刷株式会社

Published in Japan by Asahi Shimbun Publications Inc.
定価はカバーに表示してあります

ISBN978-4-02-264723-8

秋山 香乃

漢方医・有安《ゆうあん》 忘れ形見

江戸で漢方医を営む有安は、自分が斬った男の娘を育てるために刀を捨て、かりそめの平穏に身を置くが……。優しさ溢れる下町人情小説。

秋山 香乃

漢方医・有安《ゆうあん》 波紋

過去を閉ざし、平穏に暮らす漢方医・有安。ある日、診療所に運ばれてきた男の口にした言葉が、江戸を騒がす事件へと発展していき――。

秋山 香乃

漢方医・有安《ゆうあん》 ちぎれ雲

自分が斬った男の娘・お雪と暮らす有安は、血まみれで倒れている男を発見する。それは、捨てたはずの過去を知る人間だった。シリーズ第三弾。

秋山 香乃

漢方医・有安《ゆうあん》 夕凪《ゆうなぎ》

町医者の有安は、己の過去を知る男を怪我から救ったことで、静かな暮らしの終わりを予感する。彼は不安を押し隠し、治療に専念するが……。

牧 秀彦

深川船番心意気〈一〉

お助け奉公

交通の要所として通行船を見張る船番所。忠義一徹の剣士・軍平や美男の侍・静馬ら船番衆たちの活躍と、江戸の商業の活況を描いた痛快人情時代劇。

牧 秀彦

出女《でおんな》に御用心

深川船番心意気〈二〉

女が江戸外に出る出女は御法度だが、船番所に女人の漕ぐ船が現れた。この女の目的は？ 船番衆が大活躍、書き下ろし時代劇シリーズ第二弾。

南條　範夫／池波　正太郎／柴田　錬三郎

日本剣客伝　戦国篇

暴君から鹿島の地を守った塚原卜伝。新陰流の開祖・上泉伊勢守。徳川家剣術師範役・小野次郎右衛門。日本剣術を創出した兵法家がよみがえる。

山岡　荘八／吉行　淳之介／有馬　頼義

日本剣客伝　江戸篇

徳川家を支えた柳生十兵衛。忠義と情に厚い赤穂浪士・堀部安兵衛。不戦にして最強の針谷夕雲。戦のない太平の世で剣術に生きる意味を問う――。

村上　元三／海音寺　潮五郎／永井　龍男

日本剣客伝　幕末篇

「音無し」の剣で名を残す高柳又四郎。北辰一刀流の創始者・千葉周作。新選組一番の剣士・沖田総司。己の剣だけを信じ、乱世の中で道を究める。

夢枕　獏

天海の秘宝（上）（下）

「宮本武蔵」を名乗る辻斬り、凶悪な盗賊団「不知火」……江戸に渦巻く闇にからくり師と剣豪コンビが挑む、奇想の時代長編！〔解説・高橋敏夫〕

荒山　徹

柳生《やぎゅう》薔薇《そうび》剣《けん》

司馬遼太郎の透徹した歴史観と山田風太郎の奇想天外な構想力を受け継ぐ、時代小説の面白さ満載の破天荒な長編剣豪小説！〔解説・児玉　清〕

荒山　徹

柳生《やぎゅう》百合《びゃくごう》剣《けん》

謎の集団が操る妖術によって新陰流が断絶!?　十兵衛は敵を追ううち、いつしか将軍家を巡る陰謀に巻き込まれ……。伝奇時代小説。〔解説・菊池　仁〕